अम्बरीन – एक अधूरी मुस्कान

कुछ लोग हमारी किस्मत में नहीं होते...
फिर भी पूरी जिंदगी दिल उन्हीं का रहता है।

अध्याय 1

जालंधर की बारिशें

जालंधर में बारिश हमेशा थोड़ी उदास लगती थी।

ना जाने क्यों।

शायद इसलिए क्योंकि इस शहर में लोग अपनी feelings ज़्यादा दिखाते नहीं थे।
सब अपनी-अपनी जिंदगी में चुपचाप चलते रहते थे।

शाम के वक्त Model Town की सड़कें हमेशा भीड़ से भरी रहतीं—
autos,
horns,
चाय की दुकानों पर खड़े लोग,
और जल्दी-जल्दी घर लौटते चेहरे।

लेकिन बारिश होते ही शहर थोड़ा धीमा पड़ जाता था।

उस दिन भी कुछ ऐसा ही था।

शाम के करीब पाँच बजे थे।
आसमान में बादल पूरे शहर पर झुक आए थे और हवा में मिट्टी की गीली खुशबू तैर रही थी।

अम्बरीन अपने कमरे की खिड़की के पास बैठी थी।

उसका कमरा घर के बाकी हिस्सों से अलग लगता था।

ना ज्यादा सजावट।
ना colorful walls।
बस simplicity।

Study table पर किताबें फैली हुई थीं।
कुछ novels,
कुछ handwritten notes,
और एक dark blue diary।

वही diary जिसमें वो लगभग हर दिन कुछ ना कुछ लिखती थी।

कई बार पूरी बातें।
कई बार सिर्फ आधी lines।

आज diary खुली तो थी,
लेकिन page अब तक खाली था।

वो पिछले दस मिनट से pen हाथ में पकड़े बैठी थी,
लेकिन लिख कुछ नहीं पा रही थी।

नीचे सड़क पर लोग बारिश शुरू होने से पहले जल्दी-जल्दी निकल रहे थे।

अम्बरीन अक्सर लोगों को ऐसे ही observe करती रहती थी।

कौन जल्दी में है।
कौन अकेला है।
कौन genuinely खुश लगता है।
और कौन सिर्फ दिखावा कर रहा है।

उसे लोगों को समझना पसंद था...
लेकिन उनसे जुड़ना नहीं।

उसकी माँ अक्सर कहती थीं—

"तुम्हें ना, normal लड़कियों जैसी बातें करना सीखना चाहिए।"

लेकिन अम्बरीन को हमेशा लगता था कि वो थोड़ी अलग है।

उसे loud लोग पसंद नहीं थे।
उसे बेवजह बातें करना पसंद नहीं था।
उसे silence अच्छा लगता था।

खामोशी में उसे सुकून मिलता था।

नीचे से उसकी माँ की आवाज़ आई—

"अम्बरीन! Coaching नहीं जाना क्या?"

उसने धीरे से जवाब दिया—

"जाना है..."

लेकिन उसकी आवाज़ में बिल्कुल मन नहीं था।

उसकी माँ कमरे के बाहर आकर खड़ी हो गई।

"फिर तैयार क्यों नहीं हुई अभी तक?"

अम्बरीन ने diary बंद की।

"बस... जा रही हूँ।"

"हर वक्त खोई रहती हो तुम।"

वो हल्का सा मुस्कुराई।

अगर कोई उससे पूछता कि वो क्या सोचती रहती है,
तो शायद उसके पास जवाब नहीं होता।

क्योंकि कई बार इंसान किसी एक चीज़ के बारे में नहीं सोच रहा होता...
बस भीतर बहुत शोर होता है।

कुछ देर बाद वो तैयार होकर नीचे आई।

Black suit।
हल्का kajal।
Loose बाल।
और कंधे पर वही पुराना bag।

Dining table पर उसके पिता news देख रहे थे।

छोटा भाई phone में game खेल रहा था।

घर बिल्कुल normal था।

लेकिन ना जाने क्यों...
अम्बरीन को कई बार लगता था कि वो इस normal जिंदगी में पूरी तरह fit नहीं बैठती।

"कुछ खाकर जाओ," उसकी माँ ने कहा।

"भूख नहीं है।"

"तुम्हें कभी भूख नहीं होती।"

"Late हो रहा है।"

उसकी माँ उसे कुछ seconds तक देखती रहीं।

फिर quietly plate वापस उठा ली।

अम्बरीन को guilt feel हुआ...
लेकिन वो explain नहीं कर पाई कि उसका mood हर वक्त इतना heavy क्यों रहता है।

घर से बाहर निकलते ही हल्की बारिश शुरू हो गई।

उसने दुपट्टा थोड़ा सिर पर खींच लिया और सड़क पार करके bus stop पर जाकर खड़ी हो गई।

वहाँ पहले से कुछ लोग खड़े थे।

दो school girls आपस में हँस रही थीं।
एक uncle लगातार घड़ी देख रहे थे।
और थोड़ा दूर एक लड़का bike पर बैठा किसी से phone पर बात कर रहा था।

अम्बरीन ने ध्यान नहीं दिया।

उसने earphones लगाए और phone unlock कर लिया।

लेकिन कुछ seconds बाद वही bike उसके सामने आकर रुकी।

"Excuse me..."

उसने नजर उठाई।

Helmet पहने लड़के ने visor थोड़ा ऊपर किया।

"Civil Lines वाली road इसी तरफ जाएगी?"

अम्बरीन ने casually हाथ से रास्ता बता दिया।

"सीधे... फिर second right।"

"ओह... thanks."

"Hmm."

बस इतना।

वो चला गया।

और अम्बरीन फिर अपने phone में खो गई।

उसे क्या पता था कि यही छोटा सा moment आने वाले महीनों में उसकी जिंदगी की सबसे बड़ी खामोशी बनने वाला है।

Coaching खत्म होते-होते रात होने लगी थी।

बारिश अब पहले से तेज थी।

बाकी students बाहर खड़े बारिश रुकने का इंतज़ार कर रहे थे,
लेकिन अम्बरीन को बारिश में चलना पसंद था।

वो धीरे-धीरे सड़क पार करती हुई library की तरफ चली गई।

जालंधर की वो पुरानी private library उसे हमेशा अच्छी लगती थी।

वहाँ लोग कम आते थे।
और जो आते थे,
वो बेवजह बात नहीं करते थे।

उसे वहाँ सुकून मिलता था।

वो हमेशा की तरह सबसे corner वाली seat पर जाकर बैठ गई।

Bag table पर रखा।
Hair tie निकाली।
और किताब खोल ली।

बाहर बारिश लगातार शीशों से टकरा रही थी।

Library में हल्की piano music चल रही थी।

कुछ देर तक सब बिल्कुल शांत रहा।

फिर सामने वाली chair खिसकी।

"यहाँ कोई बैठा है?"

अम्बरीन ने बिना ऊपर देखे कहा—

"नहीं।"

वो लड़का बैठ गया।

कुछ मिनट तक दोनों बिल्कुल चुप रहे।

फिर अचानक एक familiar ringtone बजी।

अम्बरीन ने अनजाने में ऊपर देखा।

और कुछ seconds के लिए उसकी नजर वहीं रुक गई।

वही bike वाला लड़का।

इस बार उसने helmet नहीं पहना था।

White shirt की sleeves मुड़ी हुई थीं।
बाल हल्के भीगे हुए थे।
और आँखों में अजीब सी शांति थी।

उसने phone silent किया।
फिर हल्का सा मुस्कुराया।

"लगता है पूरा शहर यही ringtone use कर रहा है।"

अम्बरीन ने पहली बार उसे थोड़ा ध्यान से देखा।

फिर छोटा सा जवाब दिया—

"शायद।"

वो हल्का सा हँसा।

"Interesting word है तुम्हारा ये 'शायद'।"

अम्बरीन कुछ नहीं बोली।

लेकिन ना जाने क्यों...
इस बार silence पहले जैसा नहीं लगा।

अध्याय 2

अब वो ध्यान आने लगा था

बारिश उस रात काफी देर तक होती रही।

Library से निकलते वक्त रात के करीब साढ़े आठ बज चुके थे।

अम्बरीन ने bag कंधे पर डाला और बाहर आकर कुछ seconds वहीं रुक गई।

सड़क पर पानी जमा था।
Street lights उसकी सतह पर टूटकर चमक रही थीं।
हवा पहले से ज्यादा ठंडी हो चुकी थी।

उसने phone निकाला।

तीन missed calls.

"Ammi."

उसने धीरे से साँस छोड़ी और वापस call लगाया।

"हाँ अम्मी... निकल गई हूँ।"

"इतनी देर तक कौन पढ़ाई करता है?"

"बस notes पूरे करने थे।"

"बारिश देखी है बाहर?"

"हम्म।"

"Auto ले लेना।"

“ठीक है।”

Call cut करके वो सड़क की तरफ बढ़ गई।

तभी पीछे से वही आवाज़ आई—

“Excuse me.”

अम्बरीन ने मुड़कर देखा।

वही लड़का।

हाथ में helmet था।
और शायद वो काफी देर से वहीं खड़ा था।

“तुम्हारा auto आ गया क्या?”

अम्बरीन थोड़ी confused हुई।

“नहीं।”

“तो ऐसे बारिश में घर जाओगी?”

“हाँ।”

“Great plan.”

उसके tone में हल्की sarcasm थी।

अम्बरीन ने पहली बार उसे properly देखा।

उसकी आँखें बहुत calm थीं।
अजीब तरह की।

जैसे वो loud लोगों में से नहीं था।

"वैसे..."
उसने थोड़ा awkward होकर कहा,
"अगर तुम्हें weird ना लगे तो मैं drop कर सकता हूँ।
वैसे भी उसी तरफ जा रहा हूँ।"

अम्बरीन तुरंत cautious हो गई।

"नहीं... it's okay."

"Sure?"

"हाँ।"

"ठीक है।"

उसने force नहीं किया।

बस helmet पहना और bike start कर दी।

फिर अचानक दोबारा उसकी तरफ देखकर बोला—

"वैसे बारिश में phone खराब हो जाए तो blame मत करना।"

और वो चला गया।

अम्बरीन कुछ seconds वहीं खड़ी रही।

फिर बिना वजह उसके होंठों पर हल्की smile आ गई।

उसे खुद समझ नहीं आया क्यों।

घर पहुँचते-पहुँचते बारिश और तेज हो चुकी थी।

उसकी माँ दरवाज़े पर ही मिल गईं।

"इतनी देर?
और छाता भी नहीं ले गई थी!"

"बारिश अचानक शुरू हो गई।"

"बीमार पड़ जाओगी एक दिन।"

अम्बरीन quietly अंदर चली गई।

उसके कमरे में हमेशा हल्की coffee और pages की smell रहती थी।

उसने bag bed पर फेंका,
earrings उतारे,
और खिड़की के पास जाकर खड़ी हो गई।

नीचे सड़क अब लगभग खाली थी।

उसने phone charging पर लगाया।

फिर अचानक उसे library वाला लड़का याद आया।

उसका "Great plan."
उसका "blame मत करना."
और वो अजीब calm voice।

अम्बरीन ने तुरंत खुद को रोक लिया।

"Relax.
बस एक normal लड़का है।"

लेकिन problem यही थी।

वो normal नहीं लग रहा था।

उस रात उसने diary खोली।

कुछ देर तक blank page देखती रही।

फिर धीरे से लिखा–

"आज एक अजनबी दूसरी बार मिला।
और अजीब बात ये है कि उसकी आवाज़ अब भी याद है..."

वो खुद अपनी लिखी line पढ़कर हल्का सा हँसी।

"Dramatic हो रही हो।"

उसने diary बंद कर दी।

लेकिन नींद आने से पहले उसने एक बार फिर वही सोचा–

"Interesting word है तुम्हारा ये 'शायद'..."

अगले दिन मौसम साफ था।

कॉलेज का campus बारिश के बाद unusually fresh लग रहा था।

पेड़ों से अब भी पानी टपक रहा था।
Ground गीला था।
और canteen हमेशा की तरह भरा हुआ।

अम्बरीन सीधा अपनी class में चली गई।

उसकी दोस्त सिमरन पहले से वहाँ बैठी थी।

"मैडम finally आ गईं।"

अम्बरीन bag रखते हुए बोली–

"आज जल्दी आ गई मैं।"

"हाँ miracle है।"

सिमरन अचानक उसके चेहरे को ध्यान से देखने लगी।

"क्या?"

"कुछ नहीं..."

"ऐसे क्यों देख रही हो?"

"बस ये सोच रही हूँ कि तुम आज थोड़ा कम dead लग रही हो।"

अम्बरीन हँस पड़ी।

"Thanks.
बहुत प्यारी compliment थी।"

"सच बोल रही हूँ।
कल तक ऐसा लग रहा था जिंदगी से personally नाराज़ हो।"

अम्बरीन कुछ बोलने ही वाली थी कि तभी classroom का door खुला।

और वो अंदर आया।

वही लड़का।

White shirt।
Black watch।
और वही irritatingly calm face।

वो casually अंदर आया और पीछे वाली सीट पर बैठ गया।

सिमरन धीरे से फुसफुसाई—

"New admission?"

अम्बरीन की नजर अनजाने में उसकी तरफ चली गई।

उसे शायद अभी तक पता ही नहीं था कि वो इसी college में है।

तभी उसकी नजर भी उठी।

कुछ seconds के लिए दोनों की आँखें मिलीं।

और फिर उसने हल्का सा सिर हिलाया।

बस इतना।

ना smile।
ना extra reaction।

लेकिन ना जाने क्यों...
अम्बरीन का ध्यान अब lecture पर नहीं लग रहा था।

अध्याय 3

नाम से पहले एहसास आते हैं

पूरी class चलती रही,
लेकिन अम्बरीन का ध्यान बार-बार पीछे जा रहा था।

उसे खुद पर irritation हो रही थी।

"Relax.
बस एक लड़का है।"

लेकिन दिक्कत यही थी—
वो खुद को unnecessarily notice करवा नहीं रहा था।

और शायद इसी वजह से noticeable लग रहा था।

Lecture खत्म होते ही students बाहर निकलने लगे।

सिमरन ने notebook बंद करते हुए पूछा—

"वैसे ये नया लड़का cute है।"

अम्बरीन ने casually कहा—

"Normal है।"

"अच्छा?
तो फिर तुमने तीन बार पीछे मुड़कर क्यों देखा?"

अम्बरीन तुरंत उसकी तरफ देखने लगी।

"मैंने नहीं देखा।"

"हाँ बिल्कुल।
मैं blind हूँ।"

अम्बरीन कुछ बोलती उससे पहले पीछे से वही आवाज़ आई—

"Excuse me."

दोनों मुड़े।

वो वहीं खड़ा था।

करीब से उसकी height पहले से ज्यादा लगी।

"ये Literature Department का office किस तरफ है?"

सिमरन तुरंत बोली—

"मैं दिखा देती हूँ।"

लेकिन उसने नजर अम्बरीन पर रखी।

"तुम बता दोगी?"

अम्बरीन कुछ seconds उसे देखती रही।
फिर quietly बोली—

"सीधे जाकर left."

"बस?"

"बाकी वहाँ पूछ लेना।"

वो हल्का सा हँसा।

"तुम बहुत help करती हो लोगों की।"

"Strangers को limited help मिलती है।"

"Fair enough."

और वो चला गया।

सिमरन तुरंत उसकी तरफ मुड़ी।

"ओहो।"

"क्या?"

"कुछ तो है।"

"कुछ भी नहीं है।"

"तो तुम suddenly इतनी defensive क्यों हो?"

अम्बरीन ने जवाब नहीं दिया।

क्योंकि सच ये था—
उसे खुद नहीं पता था कि वो defensive क्यों हो रही है।

उस दिन बाकी lectures surprisingly जल्दी खत्म हो गए।

बारिश दोबारा शुरू हो चुकी थी।

सिमरन canteen जाने की ज़िद कर रही थी,
लेकिन अम्बरीन का mood नहीं था।

वो सीधे library चली गई।

Library usual से ज्यादा empty थी।

शायद बारिश की वजह से।

वो अपनी favourite corner seat पर जाकर बैठ गई।

कुछ देर तक genuinely पढ़ने की कोशिश करती रही।

लेकिन concentration बार-बार टूट रहा था।

तभी सामने वाली chair खिसकी।

इस बार उसने ऊपर देखे बिना कहा–

"ये seat booked नहीं है।"

सामने से हल्की हँसी आई।

"Good.
वरना मुझे बाहर बारिश में खड़ा रहना पड़ता।"

अम्बरीन ने किताब से नजर हटाई।

वही।

उसने casually bag नीचे रखा और बैठ गया।

आज पहली बार दोनों के बीच silence थोड़ा कम awkward लगा।

कुछ minutes तक सिर्फ बारिश की आवाज़ आती रही।

फिर उसने किताब बंद की।

"वैसे..."

अम्बरीन ने ऊपर देखा।

"तुम हमेशा यहाँ बैठती हो?"

"Mostly."

"Interesting."

"क्या?"

"तुम्हें crowded places पसंद नहीं लगते।"

"और तुम्हें लोगों को analyze करना बहुत पसंद है।"

"गलत बोल रहा हूँ?"

अम्बरीन ने जवाब नहीं दिया।

वो कुछ seconds उसे देखता रहा।
फिर quietly बोला—

"वैसे... मैं भारद्वाज हूँ।"

अम्बरीन को पता नहीं क्यों लगा जैसे उसने पहले से ये नाम imagine किया हुआ था।

"अम्बरीन।"

"Hmm.
ये नाम तुम्हारे ऊपर suit करता है।"

"आप हर किसी से ऐसे बात करते हो?"

"नहीं.
हर कोई interesting नहीं होता।"

अम्बरीन ने पहली बार openly उसकी तरफ देखा।

वो flirt नहीं कर रहा था।

उसका तरीका अलग था।

जैसे वो genuinely observe करता हो।

तभी बाहर जोर से thunder हुआ।

अम्बरीन अनजाने में थोड़ा चौंक गई।

भारद्वाज ने तुरंत notice किया।

"Thunder से डर लगता है?"

"नहीं।"

"झूठ।"

"मैं झूठ नहीं बोलती।"

"चेहरा बोल देता है।"

अम्बरीन irritate होकर बोली—

"आप हर चीज़ notice करते हो क्या?"

"शायद।"

इस बार अम्बरीन हँसी।

"अब आप मेरा word use कर रहे हो।"

"Copyright है क्या?"

"हो सकता है।"

"फिर तो problem है।
मुझे आदत जल्दी पड़ जाती है।"

कुछ seconds के लिए दोनों चुप हो गए।

और ना जाने क्यों...
उस एक line के बाद atmosphere थोड़ा अलग लगने लगा।

तभी librarian ने announce किया—

“Library half an hour में बंद होगी।”

अम्बरीन ने phone उठाकर time देखा।

8:12 PM.

“Late हो रहा है,” वो धीरे से बोली।

“Hmm.”

उसने किताब बंद की लेकिन उठा नहीं।

फिर अचानक पूछा—

“तुम रोज इतनी देर तक यहीं रहती हो?”

“घर जाने की जल्दी नहीं रहती।”

ये बोलते ही अम्बरीन को realize हुआ कि उसने शायद ज़रूरत से ज्यादा honest जवाब दे दिया।

लेकिन भारद्वाज ने उस बात को casually नहीं लिया।

उसने कुछ seconds उसे देखा।

फिर धीरे से पूछा—

“और घर वालों को?”

अम्बरीन ने नजरें किताब पर गिरा दीं।

“उन्हें लगता है मैं पढ़ रही होती हूँ।”

पहली बार उसके tone में हल्की थकान थी।

भारद्वाज ने कुछ नहीं कहा।

बस उसे देखता रहा।

और शायद पहली बार उसे महसूस हुआ कि—
ये लड़की सिर्फ quiet नहीं है...

इसके अंदर बहुत कुछ दबा हुआ है।

अध्याय 4

कुछ लोग जल्दी याद रहने लगते हैं

उस रात अम्बरीन घर तो आ गई,
लेकिन उसका दिमाग अब भी library में अटका हुआ था।

उसने कमरे की light off की,
बस table lamp जलाया
और खिड़की के पास जाकर बैठ गई।

बाहर बारिश अब धीमी हो चुकी थी।

सड़क पर पानी चमक रहा था।
कभी-कभी कोई car गुजरती और पूरा reflection हिल जाता।

अम्बरीन ने phone उठाया।

Screen पर notifications थीं।

Class group।

Simran के messages।

Random Instagram reels।

लेकिन उसका ध्यान कहीं और था।

ना जाने क्यों उसका दिमाग बार-बार वही line repeat कर रहा था—

"मुझे आदत जल्दी पड़ जाती है।"

उसने तुरंत phone side में रख दिया।

"Overthink मत करो।"

लेकिन problem यही थी।

वो हर चीज़ overthink करती थी।

उसने diary खोली।

कुछ देर blank page देखती रही।

फिर लिखना शुरू किया—

"कुछ लोग अजीब होते हैं।
बहुत कम बोलते हैं...
लेकिन उनका बोला हुआ बाद में भी दिमाग में चलता रहता है..."

उसने pen रोका।

कुछ seconds तक खुद अपनी writing देखती रही।
फिर धीरे से diary बंद कर दी।

नीचे से उसकी माँ की आवाज़ आई—

"खाना रख दिया है!"

"भूख नहीं है!"

"अम्बरीन!"

वो irritate होकर नीचे गई।

Dining table पर उसके पिता अभी भी TV देख रहे थे।

छोटा भाई हँस-हँसकर किसी meme video पर react कर रहा था।

सब normal था।

हमेशा की तरह।

लेकिन अम्बरीन को कई बार लगता था कि वो इस घर में physically मौजूद है...
emotionally नहीं।

"इतनी देर library में क्या करती रहती हो?" उसके पिता ने अचानक पूछा।

"पढ़ाई।"

"रात के नौ बजे तक?"

"Exams आने वाले हैं।"

उन्होंने कुछ seconds उसे देखा।

फिर वापस TV की तरफ देखने लगे।

अम्बरीन quietly खाना खाने लगी।

उसकी माँ उसे लगातार notice कर रही थीं।

"सब ठीक है?"

"हाँ।"

"पक्का?"

"हाँ अम्मी।"

लेकिन उसकी माँ शायद समझती थीं कि उनकी बेटी जितना बोलती है...
उससे कहीं ज्यादा छुपाती है।

उस रात अम्बरीन देर तक सो नहीं पाई।

वो बार-बार phone उठाती...
फिर वापस रख देती।

किस चीज़ का इंतज़ार था?
उसे खुद नहीं पता था।

सुबह unusually जल्दी उसकी आँख खुल गई।

बाहर मौसम साफ था।

बारिश के बाद जालंधर थोड़ा अलग लगता था।

पेड़ धुले हुए।
हवा हल्की।
और आसमान साफ।

अम्बरीन तैयार होकर कॉलेज पहुँची तो campus usual से ज्यादा noisy था।

कुछ students ground में photos ले रहे थे।
कुछ canteen में बैठे थे।

वो सीधे class की तरफ बढ़ गई।

सिमरन पहले से वहाँ मौजूद थी।

"Good morning depressed soul."

अम्बरीन हँसी।

"तुम सुबह-सुबह irritate कैसे कर लेती हो?"

"Talent."

वो bag रखकर बैठ ही रही थी कि सिमरन अचानक बोली—

"वैसे पीछे मत देखना।"

अम्बरीन तुरंत suspicious हुई।

"क्यों?"

"बस मत देख।"

और naturally...
अम्बरीन ने तुरंत पीछे देखा।

वो वहीं था।

Last bench पर बैठा।
Phone हाथ में।
और apparently किसी चीज़ पर हँस रहा था।

सिमरन धीरे से मुस्कुराई।

"Caught you."

"Shut up."

"नाम क्या है उसका?"

"मुझे क्या पता।"

"Library वाला वही है ना?"

अम्बरीन तुरंत उसकी तरफ देखने लगी।

"तुम्हें कैसे पता?"

"क्योंकि जब वो class में आया था ना,
तब तुम literally five seconds तक उसे देखती रह गई थी।"

अम्बरीन ने awkward होकर नजरें हटा लीं।

उसे खुद realize नहीं हुआ था।

Lecture शुरू हो गया।

लेकिन आज एक और problem थी।

उसे बार-बार feel हो रहा था कि कोई उसे देख रहा है।

और जब तीसरी बार उसने पीछे देखा...

तो सच में भारद्वाज उसे देख रहा था।

दो seconds के लिए दोनों की आँखें मिलीं।

फिर उसने बिल्कुल casually नजरें हटा लीं।

जैसे कुछ हुआ ही ना हो।

लेकिन अम्बरीन का पूरा ध्यान वहीं अटक गया।

Lecture खत्म होते ही वो जल्दी से बाहर निकल गई।

उसे खुद समझ नहीं आ रहा था कि वो अचानक इतनी conscious क्यों हो रही है।

Corridor में चलते हुए वो phone देखने लगी।

तभी सामने से कोई टकराया।

"Sorry—"

उसने ऊपर देखा।

भारद्वाज।

उसके हाथ में किताबें थीं।
और अब दोनों की books नीचे गिर चुकी थीं।

"Great," उसने नीचे देखते हुए कहा,
"पहले ringtone same थी...
अब accidents भी same timing पर होने लगे।"

अम्बरीन नीचे झुकी और किताबें उठाने लगी।

"आप रास्ता देखकर नहीं चल सकते?"

"मैं चल रहा था।
तुम phone देखकर चल रही थीं।"

"Technically गलती आपकी थी।"

"वाह।
Decision भी तुरंत आ गया।"

अम्बरीन चाहकर भी smile रोक नहीं पाई।

उसने किताब उसकी तरफ बढ़ाई।

तभी भारद्वाज की नजर उसकी diary पर गई जो बाकी books के बीच नीचे गिरी हुई थी।

Dark blue cover।

वही diary।

उसने उसे उठाया...
लेकिन इस बार खोला नहीं।

बस धीरे से उसकी तरफ बढ़ा दी।

"Important लगती है।"

अम्बरीन ने तुरंत diary पकड़ ली।

"है।"

कुछ seconds दोनों चुप रहे।

Corridor में लोग आते-जाते रहे।

लेकिन ना जाने क्यों...
उन्हें वहाँ से जाने की जल्दी नहीं थी।

फिर भारद्वाज ने casually पूछा—

"वैसे... तुम हर वक्त इतनी serious रहती हो,
या आज special occasion है?"

अम्बरीन ने पहली बार बिना सोचे जवाब दिया—

"और आप हर वक्त बातें करते रहते हो?"

"नहीं।
कुछ लोगों के सामने ज्यादा करने का मन करता है।"

उसके बोलने का तरीका irritatingly calm था।

जैसे वो हर बात casually बोलता हो...
लेकिन सामने वाले के दिमाग में छोड़ देता हो।

अम्बरीन कुछ नहीं बोली।

बस diary bag में रखी और जाने लगी।

फिर पीछे से उसकी आवाज़ आई—

“वैसे...”

वो मुड़ी।

“आज ‘शायद’ नहीं बोला तुमने।”

इस बार अम्बरीन सच में हँस दी।

और शायद...
यही पहली बार था जब भारद्वाज को लगा कि उसे उसकी हँसी फिर से सुननी है।

अध्याय 5

अब इंतज़ार होने लगा था

उस दिन के बाद कुछ बदल गया था।

बहुत बड़ा नहीं...
लेकिन इतना कि दोनों notice करने लगे।

अब library सिर्फ पढ़ने की जगह नहीं रही थी।

अब वहाँ जाने से पहले अनजाने में ये उम्मीद भी होती थी कि—
“शायद वो मिल जाए।”

और सबसे dangerous चीज़ यही थी।

क्योंकि आदतें हमेशा धीरे-धीरे शुरू होती हैं।

अगले दो दिन भारद्वाज कॉलेज नहीं आया।

पहले दिन अम्बरीन ने ध्यान नहीं दिया।

दूसरे दिन दिया।

तीसरे दिन irritation होने लगी।

Class चल रही थी लेकिन उसका ध्यान बार-बार पीछे खाली सीट पर जा रहा था।

सिमरन notes लिखते-लिखते अचानक बोली—

"किसे ढूँढ रही हो?"

अम्बरीन तुरंत संभली।

"किसी को नहीं।"

"हाँ obviously.
तुम तो बस पीछे की walls को miss कर रही हो।"

अम्बरीन ने उसे घूरा।

लेकिन जवाब नहीं दिया।

क्योंकि उसे खुद समझ नहीं आ रहा था कि आखिर वो genuinely notice क्यों कर रही है।

Lecture खत्म होते ही वो library चली गई।

आज मौसम फिर खराब था।

जालंधर में बारिश और emotions का connection अजीब था।
दोनों बिना warning के आ जाते थे।

Library surprisingly almost empty थी।

अम्बरीन अपनी usual seat पर जाकर बैठ गई।

उसने किताब खोली...
लेकिन पाँच मिनट बाद realize हुआ कि वो एक ही page पढ़ रही है।

उसने irritate होकर किताब बंद कर दी।

तभी सामने वाली chair खिसकी।

उसका दिल literally half second के लिए रुका।

लेकिन सामने librarian था।

"Beta, आज जल्दी बंद करेंगे।
Weather खराब है।"

"ओह... okay."

उसने casually सिर हिलाया,
लेकिन अंदर अजीब सी disappointment हुई।

और उसी बात पर उसे खुद पर गुस्सा आ गया।

"Seriously?
तुम किसी ऐसे इंसान के लिए upset हो रही हो जिसे barely जानती हो?"

उसने bag उठाया और बाहर निकल गई।

बारिश काफी तेज थी।

Auto मिल नहीं रहा था।

वो library के बाहर shade के नीचे खड़ी हो गई।

हवा इतनी ठंडी थी कि उसके हाथ सुन्न होने लगे।

तभी पीछे से एक familiar आवाज़ आई—

"Great plan.
फिर बारिश में फँस गई।"

अम्बरीन तुरंत मुड़ी।

भारद्वाज।

Black hoodie।
हल्के भीगे बाल।
और हाथ में coffee cups।

ना जाने क्यों...
उसे देखते ही उसका mood instantly हल्का हो गया।

और यही बात सबसे ज्यादा dangerous थी।

"आप तीन दिन कहाँ थे?"

उसके मुँह से बिना सोचे निकल गया।

दोनों कुछ seconds चुप हो गए।

अम्बरीन को तुरंत realize हुआ कि उसने शायद ज़रूरत से ज्यादा जल्दी पूछ लिया।

लेकिन भारद्वाज बस हल्का सा मुस्कुराया।

"तो notice किया था।"

"नहीं...
बस class शांत थी।"

"वाह.
इतनी जल्दी insult भी कर दिया।"

उसने एक coffee उसकी तरफ बढ़ाई।

"लो।"

"हर बार coffee क्यों?"

"क्योंकि तुम मना नहीं करती।"

अम्बरीन cup लेते हुए हल्का सा हँसी।

बारिश अब और तेज हो चुकी थी।

सड़क पर पानी भरने लगा था।

कुछ लोग भागते हुए जा रहे थे।
कुछ दुकानों के shutter गिरने लगे थे।

लेकिन उन दोनों को जैसे जल्दी नहीं थी।

"वैसे गए कहाँ थे?" अम्बरीन ने casually पूछा।

"घर।"

"तीन दिन?"

"दादी की तबीयत खराब थी।"

उसका tone अचानक softer हो गया।

"अब कैसी हैं?"

"Better."

कुछ seconds दोनों चुप रहे।

फिर भारद्वाज ने उसे देखते हुए पूछा—

"वैसे...
तुम genuinely पूछ रही थीं या बस formal question था?"

"Difference?"

"Formal questions में लोग answer सुनते नहीं।"

अम्बरीन ने पहली बार बिना नजरें हटाए उसकी तरफ देखा।

"तो सुन रही हूँ।"

भारद्वाज कुछ seconds उसे देखता रहा।

फिर हल्का सा मुस्कुराया।

"Dangerous हो तुम।"

"मैं?"

"हाँ.
पहले चुप रहती हो...
फिर अचानक ऐसी बातें बोल देती हो कि सामने वाला seriously लेने लगता है।"

अम्बरीन जवाब देने ही वाली थी कि जोर से thunder हुआ।

वो अनजाने में थोड़ा चौंक गई।

भारद्वाज ने तुरंत notice किया।

"अब भी बोलोगी डर नहीं लगता?"

"बस आवाज़ irritating लगती है।"

"Liar."

"आप हर बात पर liar क्यों बोलते हो?"

"क्योंकि तुम्हारा चेहरा तुमसे ज्यादा honest है।"

कुछ seconds दोनों चुप रहे।

हवा अब पहले से ज्यादा ठंडी थी।

अम्बरीन ने coffee cup दोनों हाथों से पकड़ लिया।

फिर अचानक भारद्वाज बोला–

"वैसे... तुम्हें पता है तुम्हारी सबसे weird बात क्या है?"

"क्या?"

"तुम हमेशा ऐसा behave करती हो जैसे तुम्हें किसी की आदत नहीं पड़ सकती।"

अम्बरीन का दिल हल्का सा अटका।

उसने तुरंत नजरें दूसरी तरफ कर लीं।

क्योंकि शायद पहली बार...
उसे खुद भी डर लगा कि कहीं वो सही तो नहीं कह रहा।

अध्याय 6

आदतें आवाज़ नहीं करतीं

उस रात अम्बरीन बहुत देर तक सो नहीं पाई।

बारिश बंद हो चुकी थी,
लेकिन उसकी आवाज़ जैसे अब भी दिमाग में चल रही थी।

कमरे की light बंद थी।
बस खिड़की से आती हल्की street light कमरे में फैल रही थी।

उसने करवट बदली।

Phone उठाया।

12:47 AM.

WhatsApp खोला।

ऊपर कुछ chats थीं।
College group।
Simran।
Family।

और फिर उसकी नजर अचानक नीचे गई।

Unknown number।

उसने कुछ seconds तक screen देखी।

फिर अचानक याद आया—

Library के बाहर उस दिन librarian attendance register भरवा रहा था...
शायद वहीं से number गया होगा।

उसने तुरंत खुद को डाँटा।

"तुम overthink बहुत करती हो।"

लेकिन अगले ही second phone vibrate हुआ।

Unknown Number:
"घर पहुँच गई थीं?"

अम्बरीन literally कुछ seconds तक screen देखती रह गई।

ना जाने क्यों...
उसके दिल की धड़कन अचानक तेज हो गई।

उसने तुरंत reply नहीं किया।

बस chat खोलकर देखती रही।

फिर typing शुरू की—

“हाँ।”

Delete।

फिर—

“जी।”

Delete।

फिर आखिर में सिर्फ भेजा—

“हाँ।”

कुछ seconds बाद reply आया—

“Good.”

बस।

और अजीब बात ये थी कि उस एक word के बाद भी अम्बरीन काफी देर तक phone देखती रही।

जैसे उसे उम्मीद थी कि वो कुछ और बोलेगा।

लेकिन कोई दूसरा message नहीं आया।

उसने phone side में रखा।

फिर दो मिनट बाद वापस उठाया।

Chat दोबारा खोली।

अब भी सिर्फ—

"Good."

उसने खुद पर irritate होकर phone बंद कर दिया।

लेकिन सोने से पहले उसने एक बात notice की—

काफी समय बाद किसी के message ने उसका mood genuinely बदल दिया था।

सुबह मौसम surprisingly bright था।

जालंधर में बारिश के अगले दिन आसमान बहुत साफ लगता था।

अम्बरीन balcony में खड़ी बाल सुखा रही थी जब उसकी माँ नीचे से बोलीं—

"आज जल्दी निकलना।
Traffic रहेगा।"

"हम्म।"

उसकी माँ कुछ seconds उसे देखती रहीं।

फिर अचानक बोलीं—

"आज mood अच्छा लग रहा है।"

अम्बरीन तुरंत awkward हो गई।

"नहीं तो।"

"मैंने तुम्हें हँसते देखा अभी।"

"अम्मी... आप बहुत notice करती हो।"

“माँ हूँ।”

अम्बरीन बिना जवाब दिए अंदर चली गई।

लेकिन सच ये था—
वो खुद भी महसूस कर रही थी कि आज वो थोड़ी हल्की लग रही है।

College पहुँचते ही सिमरन ने उसे suspicious नज़रों से देखा।

“क्या?”

“कुछ नहीं।”

“तो ऐसे क्यों देख रही हो?”

“बस ये सोच रही हूँ कि तुम्हारा face आज unusually alive क्यों लग रहा है।”

“तुम overact बहुत करती हो।”

“और तुम glow बहुत कर रही हो।”

अम्बरीन ने तुरंत उसकी तरफ notebook फेंकी।

“Shut up.”

Class शुरू होने में अभी time था।

Students धीरे-धीरे आ रहे थे।

अम्बरीन ने अनजाने में पीछे देखा।

वो अब तक नहीं आया था।

और problem ये थी—
अब वो notice करने लगी थी।

पाँच मिनट बाद classroom का door खुला।

और वो अंदर आया।

Black shirt।
Messy बाल।
और हाथ में coffee।

उसकी नजर सीधा अम्बरीन पर गई।

बस half second के लिए।

फिर वो casually पीछे जाकर बैठ गया।

लेकिन उस half second ने अम्बरीन का पूरा ध्यान disturb कर दिया।

Lecture शुरू हुआ।

Teacher कुछ explain कर रहे थे,
लेकिन दोनों का ध्यान कहीं और था।

करीब twenty minutes बाद अम्बरीन के phone पर vibration हुई।

उसने quietly नीचे देखा।

Unknown Number:
"Tum class में genuinely notes बनाती हो या बस pen घुमाती रहती हो?"

अम्बरीन ने तुरंत पीछे देखा।

भारद्वाज बिल्कुल normal face बनाकर board देख रहा था।

जैसे message उसने भेजा ही ना हो।

अम्बरीन चाहकर भी smile रोक नहीं पाई।

उसने reply किया—

"और आप genuinely lecture सुन रहे हो?"

Reply instantly आया—

"मैं multitasking में talented हूँ।"

"Clearly."

"वैसे तुम हर बात में attitude क्यों डालती हो?"

"Self-defense."

"मुझसे?"

अम्बरीन कुछ seconds chat देखती रही।

फिर phone lock कर दिया।

क्योंकि उसके पास जवाब नहीं था।

या शायद था...
लेकिन वो खुद उससे बच रही थी।

अध्याय 7

अब खामोशी भी अलग लगने लगी थी

उस दिन के बाद उनकी chats शुरू तो हो गईं...
लेकिन अजीब तरीके से।

ना good morning।
ना good night।
ना unnecessary texting।

बस अचानक कोई एक message आ जाता...
और फिर conversation खुद चल पड़ती।

कभी class में।
कभी library में।
कभी रात के अजीब timings पर।

और सबसे strange बात ये थी कि—
दोनों कभी officially close हुए बिना भी धीरे-धीरे एक-दूसरे की आदत बनते जा रहे थे।

उस शाम library usual से ज्यादा crowded थी।

Exams पास आ रहे थे,
इसलिए हर दूसरी table पर कोई ना कोई notes लेकर बैठा था।

अम्बरीन अपनी usual corner seat पर बैठी थी।

लेकिन आज उसकी नजर बार-बार entrance की तरफ जा रही थी।

और उसे खुद पर irritation हो रही थी।

"तुम seriously उसका wait कर रही हो?"

उसने खुद को distract करने के लिए diary निकाल ली।

कुछ lines लिखीं।
फिर काट दीं।

फिर phone उठाया।

No messages.

उसने phone वापस रख दिया।

तभी सामने वाली chair खिसकी।

"आज जल्दी आ गई।"

अम्बरीन ने ऊपर देखा।

और instantly महसूस हुआ कि शायद वो इसी moment का इंतज़ार कर रही थी।

लेकिन obviously उसने ऐसा कुछ show नहीं किया।

"आप late हो।"

भारद्वाज बैठते हुए बोला—

"वाह.
पहले attendance notice,
अब timings भी।"

"मैं बस बोल रही थी।"

"Hmm.
और मैं बस सुन रहा हूँ।"

उसने bag नीचे रखा और किताब खोली।

कुछ seconds दोनों चुप रहे।

फिर भारद्वाज अचानक बोला—

"वैसे तुम diary में क्या लिखती रहती हो?"

अम्बरीन ने तुरंत diary बंद कर दी।

"Secret है।"

"इतना dangerous?"

"हो सकता है।"

"अब curiosity हो रही है।"

"Good.
रहने दो।"

भारद्वाज हल्का सा हँसा।

"तुम्हें पता है तुम लोगों को intentionally दूर रखती हो?"

अम्बरीन ने किताब से नजर हटाई।

"और आपको लोगों को analyze करने की बीमारी है।"

"तुम exception हो।"

ये line उसने बहुत casually बोली थी।

लेकिन ना जाने क्यों...
अम्बरीन कुछ seconds जवाब नहीं दे पाई।

उसने तुरंत नजरें किताब पर गिरा दीं।

Library की खिड़की पर बारिश फिर शुरू हो चुकी थी।

धीरे-धीरे।

शांत।

अम्बरीन ने बिना ऊपर देखे पूछा—

"आपको बारिश इतनी पसंद क्यों है?"

"क्योंकि बारिश में लोग honest हो जाते हैं।"

"कैसे?"

"जो खुश होता है वो बिना वजह मुस्कुराने लगता है...
और जो दुखी होता है वो और ज्यादा चुप।"

अम्बरीन पहली बार उसकी तरफ देखने लगी।

"और मैं?"

भारद्वाज कुछ seconds उसे देखता रहा।

फिर धीरे से बोला–

"तुम दोनों करती हो।"

उसका दिल हल्का सा अटक गया।

कुछ देर तक दोनों चुप रहे।

और इस बार silence awkward नहीं था।

Comfortable भी नहीं।

बस...
heavy था।

तभी भारद्वाज का phone vibrate हुआ।

उसने screen देखी...
फिर तुरंत phone उल्टा रख दिया।

अम्बरीन ने casually पूछा–

"Important call थी?"

"घर से।"

"उठाया क्यों नहीं?"

“मन नहीं था।”

“सब ठीक?”

“हाँ।”

उसने जवाब तो दिया...
लेकिन उसकी आवाज़ पहले जैसी नहीं थी।

अम्बरीन ने पहली बार महसूस किया कि शायद वो भी हर वक्त इतना calm नहीं रहता जितना दिखता है।

“आप okay नहीं लग रहे।”

भारद्वाज हल्का सा मुस्कुराया।

“तुम बहुत जल्दी notice करने लगी हो।”

अम्बरीन कुछ नहीं बोली।

क्योंकि शायद वो सही कह रहा था।

अब वो notice करने लगी थी।

उसका mood।
उसकी आवाज़।
उसकी silence तक।

अध्याय 8

अब बातें बिना वजह होने लगी थीं

उस दिन के बाद उनकी conversations बदलने लगीं। पहले जहाँ बातें सिर्फ सामने होने पर होती थीं, अब अचानक दिन के किसी भी वक्त एक message आ जाता और फिर conversation धीरे-धीरे लंबी होती चली जाती। अजीब

बात ये थी कि दोनों में से कोई भी कभी conversation शुरू करने की कोशिश करता हुआ नहीं लगता था, लेकिन फिर भी chats खत्म नहीं होती थीं।

उस शाम अम्बरीन अपने कमरे में bed पर बैठी notes बना रही थी। बाहर मौसम फिर से खराब होने लगा था। जालंधर की सर्द हवा खिड़की के हल्के खुले हिस्से से अंदर आ रही थी और उसके कमरे के पर्दे धीरे-धीरे हिल रहे थे। उसने phone उठाकर time देखा – 9:18 PM.

उसी वक्त notification आया।

Bhardwaj:
"तुम हर वक्त पढ़ती रहती हो क्या?"

अम्बरीन कुछ seconds तक message देखती रही। फिर reply किया–

"नहीं।"

"अच्छा? तो अभी क्या कर रही हो?"

"मर रही हूँ assignments में।"

"Drama queen."

"और आप?"

"मैं genuinely मर रहा हूँ boredom से।"

अम्बरीन हल्का सा मुस्कुराई। उसे समझ नहीं आता था कि उसकी बातें इतनी normal होते हुए भी अच्छी क्यों लगती हैं।

कुछ देर बाद फिर message आया–

"वैसे तुम्हारा mood हमेशा थोड़ा off क्यों लगता है?"

इस बार उसने तुरंत reply नहीं किया। Phone हाथ में लेकर कुछ देर तक सोचती रही। फिर लिखा—

"हर किसी का personality type अलग होता है।"

"ये answer Google वाला था।"

"तो सवाल भी deep नहीं था।"

"ठीक है फिर deep पूछता हूँ।"

Typing...

फिर अचानक typing गायब हो गई।

अम्बरीन कुछ seconds तक screen देखती रही। ना जाने क्यों उसे curiosity हुई कि वो क्या लिखने वाला था।

करीब एक minute बाद नया message आया—

"छोड़ो।"

उसने तुरंत reply किया—

"अब बोलो भी।"

"तुम overthink बहुत करती हो क्या?"

अम्बरीन कुछ seconds चुप रही। फिर बिना सोचे लिख दिया—

"इतना कि कई बार खुद से भी थक जाती हूँ।"

Message seen हुआ लेकिन reply नहीं आया।

दो मिनट।

तीन मिनट।

फिर उसका message आया—

“Same.”

बस एक word।

लेकिन उस एक word ने अजीब तरह से उसे शांत कर दिया। जैसे पहली बार किसी ने उसकी बात समझी हो बिना explain करवाए।

उस रात बातचीत वहीं खत्म नहीं हुई। पहली बार उन्होंने random चीज़ों पर बात की। Favourite books, boring lectures, irritating relatives, बारिश, late night overthinking... और धीरे-धीरे time कब 1 बजे cross कर गया, दोनों में से किसी ने notice ही नहीं किया।

“तुम रात में ज्यादा बोलती हो,” भारद्वाज ने लिखा।

“क्यों?”

“दिन में walls रहती हैं तुम्हारे आसपास।”

अम्बरीन काफी देर तक उस message को देखती रही। उसे समझ नहीं आया कि वो हर बार उसकी ऐसी बातें इतनी seriously क्यों ले लेती है।

उसने topic change करने के लिए पूछा—

“वैसे आप हमेशा इतने calm रहते हो?”

“नहीं।”

“फिर?”

“बस दिख जाता हूँ।”

ये जवाब पढ़कर पहली बार उसे लगा कि शायद वो अकेली नहीं है जो अपने अंदर बहुत कुछ छुपाकर रखती है।

उस रात सोने से पहले उसने diary खोली। कुछ देर तक blank page देखती रही, फिर धीरे-धीरे लिखा—

“कुछ लोग बहुत शोर नहीं करते... लेकिन उनकी मौजूदगी धीरे-धीरे आदत बन जाती है।”

अध्याय 9

अब इंतज़ार अच्छा लगने लगा था

अगले कुछ दिनों में एक अजीब routine बन गई थी। दिन चाहे कितना भी normal क्यों ना हो, रात होते-होते दोनों की chat शुरू हो ही जाती। कभी किसी random meme से, कभी किसी lecture की complaint से, और कभी सिर्फ एक “सोई नहीं अभी तक?” से।

अम्बरीन खुद notice करने लगी थी कि अब वो बिना वजह phone बार-बार check करने लगी है। पहले उसका phone घंटों bed पर पड़ा रहता था, लेकिन अब हर notification पर दिल half second के लिए रुक जाता।

उस शाम वो balcony में बैठी थी। नीचे सड़क पर हल्की बारिश फिर शुरू हो चुकी थी। उसके हाथ में coffee थी और phone उसकी गोद में रखा था। उसने खुद से decide किया था कि आज पहले message नहीं करेगी।

9:07 PM.

No message.

उसने casually Instagram खोला। दो reels देखीं। फिर WhatsApp खोला। फिर बंद कर दिया।

9:16 PM.

अब irritation होने लगी।

“तुम seriously इंतज़ार कर रही हो?”

उसी वक्त notification आया।

Bhardwaj:
“आज बारिश हो रही है और तुम unusually quiet हो। Suspicious.”

अम्बरीन चाहकर भी smile रोक नहीं पाई।

“आप weather department में हो क्या?”

“नहीं. बस patterns notice कर लेता हूँ।”

“हर चीज़ notice करना जरूरी है?”

“कुछ चीज़ें खुद notice हो जाती हैं।”

उसने reply type किया... फिर delete कर दिया। उसे खुद समझ नहीं आता था कि वो उसके सामने suddenly इतनी careful क्यों हो जाती है।

कुछ देर बाद भारद्वाज का फिर message आया—

“वैसे आज library में तुम genuinely परेशान लग रही थीं।”

अम्बरीन कुछ seconds screen देखती रही। उसे याद आया, आज class के बाद वो सच में पूरे दिन चुप रही थी।

“बस headache था।”

“झूठ.”

“आपको हर बात झूठ क्यों लगती है?”

“क्योंकि तुम आधी बातें बोलती हो।”

उसने phone side में रख दिया। लेकिन problem ये थी कि उसकी बातें ignore करना मुश्किल होता जा रहा था।

करीब दो मिनट बाद फिर notification आया—

"अगर बताना नहीं चाहती तो मत बताओ। I was just asking."

उस message का tone अलग था। पहली बार उसे लगा कि शायद उसने उसे genuinely upset कर दिया।

उसने तुरंत phone उठाया।

"ऐसी बात नहीं है।"

"फिर?"

अम्बरीन balcony से नीचे सड़क देखने लगी। बारिश अब तेज हो चुकी थी। कुछ लोग भागते हुए दुकानों के नीचे खड़े हो रहे थे। उसने धीरे-धीरे type किया—

"कभी-कभी बिना वजह भी mood खराब होता है।"

इस बार reply आने में थोड़ा वक्त लगा।

"और उन दिनों तुम खुद को सबसे दूर कर देती हो?"

उसने screen को कुछ seconds तक देखा। फिर धीरे से reply किया—

"शायद।"

"फिर से वही word."

"Problem है क्या उससे?"

"नहीं. बस उसमें हमेशा थोड़ी उदासी होती है।"

अम्बरीन का दिल अजीब तरह से शांत हो गया। कोई पहली बार उसके words को इतनी attention से देख रहा था।

कुछ देर तक दोनों चुप रहे। फिर अचानक भारद्वाज ने लिखा—

"Call करूँ?"

उसका दिल literally एक second के लिए रुक गया।

उसने तुरंत phone कसकर पकड़ लिया।

"अभी?"

"हाँ. अगर weird ना लगे तो."

अम्बरीन कई seconds तक कुछ लिख ही नहीं पाई। उसे खुद समझ नहीं आ रहा था कि वो nervous क्यों हो रही है।

फिर उसने slowly reply किया—

"Okay."

अगले ही second उसका phone vibrate हुआ।

"Bhardwaj Calling..."

अध्याय 10

पहली कॉल

अम्बरीन कुछ seconds तक सिर्फ screen देखती रही।

"Bhardwaj Calling..."

ना जाने क्यों उसका दिल इतनी तेज धड़क रहा था जैसे कोई बहुत बड़ी चीज़ होने वाली हो। जबकि logically देखा जाए तो वो बस एक normal call थी। एक ऐसे इंसान की call जिससे वो मुश्किल से कुछ हफ्तों से बात कर रही थी।

लेकिन शायद feelings हमेशा logic follow नहीं करतीं।

उसने धीरे से call receive की।

"Hello..."

कुछ seconds तक दूसरी तरफ बिल्कुल silence रहा। सिर्फ हल्की बारिश की आवाज़ आ रही थी।

फिर उसकी आवाज़ आई—

"तुम हर बार call उठाकर इतना धीरे क्यों बोलती हो?"

अम्बरीन अनजाने में मुस्कुरा दी।

"और आप हर बात notice क्यों करते हो?"

"क्योंकि तुम interesting हो।"

उसने तुरंत balcony से नजरें हटा लीं। पता नहीं क्यों उसकी बातें सामने से सुनना chat से ज्यादा dangerous लग रहा था।

"वैसे..." भारद्वाज फिर बोला, "तुम nervous हो क्या?"

"नहीं।"

"फिर इतनी formal क्यों लग रही हो?"

"मैं normal हूँ।"

"अगर ये तुम्हारा normal है ना, तो तुम interviews में भी ऐसे ही बोलती होगी।"

अम्बरीन हँस दी। और शायद वही पहली बार था जब उसने उसके सामने बिना सोचे खुलकर हँसा था।

दूसरी तरफ कुछ seconds silence रहा। फिर उसने धीरे से कहा—

"तुम्हारी हँसी अच्छी है।"

अम्बरीन तुरंत चुप हो गई। उसका दिल अचानक अजीब तरह से heavy हो गया। उसे compliments सुनने की आदत नहीं थी, और शायद इसलिए वो हर छोटी बात seriously ले लेती थी।

"अब अचानक चुप क्यों हो गई?"

"कुछ नहीं।"

"फिर से झूठ।"

"आप impossible हो।"

"और तुम readable."

"Readable मतलब?"

"मतलब तुम्हारा mood आवाज़ से समझ आ जाता है।"

अम्बरीन balcony से अंदर आकर bed पर बैठ गई। बाहर बारिश अब और तेज हो चुकी थी। कमरे में सिर्फ table lamp जल रहा था और पूरी दुनिया अचानक बहुत quiet लगने लगी थी।

"वैसे," उसने धीरे से पूछा, "आप हमेशा रात में इतने अलग क्यों लगते हो?"

"कैसे अलग?"

"दिन में calm रहते हो... रात में ज्यादा honest."

दूसरी तरफ हल्की हँसी आई।

"शायद रात में लोग acting कम करते हैं।"

कुछ देर तक दोनों बिना किसी topic के बातें करते रहे। College, teachers, annoying relatives, favourite weather... छोटी-छोटी random बातें। लेकिन अजीब बात ये थी कि conversation force नहीं लग रही थी।

Time कब 2 बजे cross कर गया, दोनों में से किसी ने notice नहीं किया।

फिर अचानक भारद्वाज कुछ seconds के लिए चुप हो गया।

“क्या हुआ?” अम्बरीन ने पूछा।

“कुछ नहीं... बस एक बात सोच रहा था।”

“क्या?”

“तुम usually लोगों से इतनी बातें करती हो?”

अम्बरीन कुछ seconds चुप रही। फिर honestly बोली—

“नहीं।”

“Good.”

“Good क्यों?”

“पता नहीं.”

उसने casually कहा था, लेकिन उसके बाद दोनों कुछ seconds तक चुप रहे। और उस silence में पहली बार एक अजीब सी warmth थी।

फिर नीचे से उसकी माँ की आवाज़ आई—

“अम्बरीन! सोना नहीं है क्या?”

वो तुरंत उठी।

“मुझे जाना होगा।”

“Hmm.”

“Good night.”

“अम्बरीन?”

"हाँ?"

कुछ seconds दूसरी तरफ silence रहा।

फिर उसने धीरे से कहा—

"Take care."

बस दो words।

लेकिन ना जाने क्यों call cut होने के बाद भी वो काफी देर तक phone हाथ में पकड़े बैठी रही।

अध्याय 11

छोटी-छोटी आदतें

उस रात के बाद सब कुछ technically वही था, लेकिन फिर भी बहुत कुछ बदल चुका था। अब chats सिर्फ timepass नहीं लगती थीं। अब दोनों दिन में कई बार बिना वजह phone check करने लगे थे। अगर reply late आए तो notice होता था, अगर mood अलग लगे तो समझ आ जाता था।

और सबसे dangerous चीज़ ये थी कि ये सब बहुत naturally हो रहा था।

अगले दिन अम्बरीन unusually जल्दी कॉलेज पहुँच गई। मौसम हल्का cloudy था और हवा में बारिश की ठंडक अब भी बाकी थी। वो class में बैठी notebook खोलकर कुछ लिखने की कोशिश कर रही थी, लेकिन ध्यान बार-बार phone पर जा रहा था।

9:12 AM.

No message.

उसने खुद पर irritate होकर notebook बंद कर दी।

तभी classroom का door खुला और भारद्वाज अंदर आया। आज उसने black hoodie पहन रखी थी और हमेशा की तरह आते ही उसने पहले पूरे class को नहीं, सीधा अम्बरीन को देखा।

बस half second.

फिर वो पीछे जाकर बैठ गया।

लेकिन अब इतनी छोटी चीज़ें भी notice होने लगी थीं।

Lecture शुरू हो गया, लेकिन बीच-बीच में अम्बरीन को feel हो रहा था कि उसका ध्यान board से ज्यादा पीछे जा रहा है। उसने खुद को समझाने के लिए notes लिखने शुरू किए। तभी उसका phone vibrate हुआ।

Bhardwaj:
"इतना seriously notes कौन बनाता है?"

अम्बरीन ने बिना पीछे देखे reply किया—

"जो लोग pass होना चाहते हैं।"

"और जो already intelligent हों?"

"उनका attitude कम होना चाहिए।"

Reply instantly आया—

"तुम मुझे attitude बोल रही हो?"

"आप खुद को बहुत funny समझते हो।"

"मैं हूँ।"

अम्बरीन चाहकर भी smile रोक नहीं पाई। सिमरन ने तुरंत उसे side eye दिया।

“अब क्या हुआ?”

“कुछ नहीं।”

“Phone दिखाओ।”

“Pagal हो क्या?”

सिमरन suspicious होकर उसे देखती रही लेकिन अम्बरीन ने phone तुरंत बंद कर दिया।

Lecture खत्म होने के बाद वो बाहर corridor में खड़ी थी जब पीछे से भारद्वाज आया। उसके हाथ में coffee थी।

“ये लो।”

अम्बरीन ने cup लेते हुए कहा–

“आपको लगता है मैं coffee addiction develop कर लूँगी।”

“Already हो चुकी है।”

“Excuse me?”

“हर दूसरे दिन तुम्हारे हाथ में coffee होती है।”

“और हर दूसरे दिन आपके भी।”

“हाँ, लेकिन मैं deny नहीं करता।”

अम्बरीन हल्का सा हँसी। अब उसके सामने normal रहना पहले जितना मुश्किल नहीं लगता था।

दोनों साथ-साथ corridor से नीचे उतरने लगे। बाहर मौसम फिर खराब हो रहा था। हवा तेज थी और पेड़ों से सूखे पत्ते उड़ रहे थे।

"वैसे," भारद्वाज ने casually पूछा, "तुम हर वक्त इतनी जल्दी घर क्यों भागती हो?"

"मैं भागती नहीं।"

"Exactly ऐसे लोग बोलते हैं जो भाग रहे होते हैं।"

"घर वाले strict हैं बस।"

"Hmm."

"क्या hmm?"

"Nothing. बस imagine कर रहा हूँ कि तुम छोटी थी तब भी इतनी ही serious रही होगी।"

"मैं serious नहीं हूँ।"

"अम्बरीन, तुम smile भी ऐसे करती हो जैसे किसी ने force किया हो।"

वो instantly चुप हो गई।

क्योंकि शायद पहली बार किसी ने उसकी उस बात को notice किया था जिसे वो खुद ignore करती आई थी।

कुछ seconds दोनों बिना बोले चलते रहे। फिर भारद्वाज ने topic बदल दिया।

"वैसे तुम्हारी diary में मेरे बारे में कुछ लिखा है?"

अम्बरीन ने तुरंत उसकी तरफ देखा।

"आप खुद को बहुत important समझते हो।"

"मतलब लिखा है।"

"नहीं लिखा।"

"झूठ।"

"हर बात पर झूठ क्यों बोलते हो?"

"क्योंकि तुम्हारी आँखें तुमसे ज्यादा honest हैं।"

अम्बरीन ने तुरंत नजरें दूसरी तरफ कर लीं। उसे खुद समझ नहीं आया कि उसके दिल की धड़कन अचानक इतनी तेज क्यों हो गई।

शायद इसलिए क्योंकि अब वो उसकी बातें सिर्फ सुन नहीं रही थी...

महसूस भी करने लगी थी।

अध्याय 12

अब दिन छोटे लगने लगे थे

धीरे-धीरे उनकी जिंदगी में एक-दूसरे की मौजूदगी इतनी normal होने लगी थी कि दोनों ने notice करना भी बंद कर दिया था कि कब कौन आदत बन गया। अब अगर पूरे दिन बात ना हो तो कुछ अधूरा लगता था, लेकिन funny बात ये थी कि दोनों में से कोई भी इस बात को openly accept नहीं करता था।

उस दिन मौसम unusually अच्छा था। कई दिनों बाद जालंधर में धूप निकली थी। College campus बारिश के बाद धुला हुआ लग रहा था और canteen हमेशा से ज्यादा crowded थी। अम्बरीन library जाने ही वाली थी कि पीछे से सिमरन ने उसका हाथ पकड़ लिया।

"आज नहीं। पहले canteen."

"मेरा mood नहीं है।"

"तुम्हारा कभी नहीं होता।"

वो जबरदस्ती उसे नीचे ले आई। Canteen में already काफी भीड़ थी। कुछ लोग assignments discuss कर रहे थे, कुछ reels बना रहे थे और कुछ बस बिना वजह बैठे थे।

अम्बरीन को crowded places आज भी uncomfortable लगते थे।

"तुम बैठो, मैं कुछ लेकर आती हूँ," सिमरन ने कहा और चली गई।

अम्बरीन corner वाली table पर जाकर बैठ गई। उसने casually phone निकाला। कोई नया message नहीं था। उसने खुद को समझाया कि उसे फर्क नहीं पड़ना चाहिए... लेकिन अब पड़ने लगा था।

तभी सामने chair खिसकी।

"Interesting. आज library नहीं गई?"

अम्बरीन ने ऊपर देखा।

भारद्वाज।

उसके हाथ में cold coffee थी और चेहरे पर वही calm expression।

"कभी-कभी normal लोग canteen भी आ जाते हैं," अम्बरीन ने कहा।

"ओह, तो तुम normal हो?"

"शायद।"

"ये word ना एक दिन तुम्हारी autobiography का title बनेगा।"

अम्बरीन हल्का सा हँसी। अब उसके सामने हँसना आसान होने लगा था, और यही चीज़ उसे कई बार डरा देती थी।

"वैसे," भारद्वाज ने casually पूछा, "तुम इतनी जल्दी comfortable क्यों नहीं होती लोगों से?"

अम्बरीन कुछ seconds चुप रही। उसने ऐसे questions usually avoid किए थे।

"हर कोई trustworthy नहीं होता।"

"और अगर हो?"

"तो भी time लगता है।"

"मुझे कितना time लगेगा?"

उसने ये बात बिल्कुल normal tone में कही थी, लेकिन अम्बरीन का दिल फिर भी थोड़ा अटक गया।

"आप खुद को बहुत important समझते हो।"

"तुम topic बहुत जल्दी change करती हो।"

दोनों कुछ seconds चुप रहे। आसपास canteen में काफी शोर था लेकिन ना जाने क्यों उनके बीच अलग सी खामोशी थी।

तभी सिमरन वापस आई। उसने भारद्वाज को देखा, फिर धीरे से अम्बरीन की तरफ suspicious नजरों से देखा।

"ओह... so this is why madam suddenly canteen आने लगी हैं।"

"सिमरन," अम्बरीन ने warning tone में कहा।

भारद्वाज हल्का सा मुस्कुराया।

"Hi. मैं भारद्वाज।"

"हाँ, नाम तो मैंने सुन लिया है काफी बार।"

अम्बरीन तुरंत उसकी तरफ देखने लगी।

"मैंने कब—"

"Relax," सिमरन हँसने लगी, "इतना panic मत करो।"

अम्बरीन genuinely embarrassed हो गई। उसने तुरंत नजरें दूसरी तरफ कर लीं।

भारद्वाज उसे देख रहा था। और शायद पहली बार उसे ये realization हुआ कि ये लड़की बाहर से जितनी composed दिखती है... अंदर से उतनी ही easily fluster हो जाती है।

कुछ देर बाद सिमरन किसी call पर बाहर चली गई। अब table पर फिर वही awkward silence था।

"तुम embarrass बहुत जल्दी हो जाती हो," भारद्वाज ने धीरे से कहा।

"और आप observe बहुत ज्यादा करते हो।"

"करना पड़ता है।"

"क्यों?"

वो कुछ seconds उसे देखता रहा। फिर coffee का sip लेते हुए बोला—

"क्योंकि तुम खुद के बारे में कुछ बताती नहीं।"

अम्बरीन पहली बार चुप हो गई। उसे खुद नहीं पता था कि वो लोगों से इतनी guarded क्यों रहती है। शायद आदत थी। शायद डर। शायद दोनों।

तभी उसका phone vibrate हुआ।

"Ammi Calling."

उसने call receive की।

"हाँ अम्मी... निकल रही हूँ।"

Call cut करके वो उठने लगी।

“इतनी जल्दी?” भारद्वाज ने पूछा।

“घर देर से जाऊँ तो questions ज्यादा होते हैं।”

“और answers?”

“वो मेरे पास कम होते हैं।”

कुछ seconds दोनों चुप रहे। फिर उसने bag उठाया और जाने लगी।

लेकिन इस बार पीछे से उसकी आवाज़ आई—

“अम्बरीन।”

वो मुड़ी।

“Hmm?”

“आज library जाओगी?”

उसने बिना सोचे जवाब दिया—

“अगर आप आए तो।”

अध्याय 13

पहली बार किसी का इंतज़ार अच्छा लगा

उस एक line के बाद पूरे रास्ते अम्बरीन खुद पर irritate होती रही।

“अगर आप आए तो...”

उसे समझ नहीं आ रहा था कि उसने बिना सोचे ऐसा जवाब क्यों दे दिया। वो usually अपने words लेकर careful रहती थी। लेकिन भारद्वाज के सामने कई बार उसके जवाब उससे पहले बाहर आ जाते थे।

घर पहुँचते-पहुँचते शाम हो चुकी थी। जालंधर की सड़कों पर फिर हल्की बारिश शुरू हो गई थी। उसने gate खोला तो उसकी माँ drawing room में बैठी सब्ज़ियाँ काट रही थीं।

"आज mood अच्छा लग रहा है," उन्होंने casually कहा।

अम्बरीन तुरंत normal बनने की कोशिश करने लगी।

"Normal ही हूँ।"

"हाँ, और मैं Katrina Kaif हूँ।"

अम्बरीन हँस पड़ी। उसकी माँ कुछ seconds उसे देखती रहीं, फिर मुस्कुराकर वापस अपने काम में लग गईं।

अपने कमरे में जाकर उसने bag bed पर रखा और खिड़की के पास जाकर खड़ी हो गई। नीचे सड़क पर बारिश की छोटी-छोटी बूंदें lights में चमक रही थीं। उसने phone उठाया।

No messages.

उसने खुद को समझाया कि obviously वो हर वक्त message नहीं करेगा। लेकिन problem ये थी कि अब उसकी silence भी notice होने लगी थी।

करीब दस मिनट बाद phone vibrate हुआ।

Bhardwaj:
"तो ये invitation था?"

अम्बरीन के होंठों पर बिना वजह smile आ गई।

"आप खुद को बहुत important समझते हो।"

"Answer avoid मत करो।"

"मैंने बस ऐसे ही कहा था।"

"और मैं बस seriously ले रहा हूँ।"

उसने कुछ seconds तक screen देखी। फिर phone side में रख दिया। लेकिन दो मिनट बाद खुद ही वापस उठा लिया।

"तो आ रहे हो?"

Reply instantly आया—

"Already यहाँ हूँ।"

अम्बरीन का दिल अचानक तेज धड़कने लगा।

"कहाँ?"

"Library. Window वाली seat."

उसने तुरंत खिड़की से बाहर देखा जैसे वो सच में उसे वहाँ देख पाएगी। फिर खुद अपनी stupidity पर हल्का सा हँसी।

करीब आधे घंटे बाद वो library पहुँची। बारिश अब थोड़ी तेज हो चुकी थी। अंदर usual silence था। कुछ students books लेकर बैठे थे और हल्का instrumental music चल रहा था।

उसकी नजर automatically window वाली तरफ गई।

वो सच में वहाँ था।

Black hoodie।
Coffee cup।
और सामने खुली किताब जिसे वो clearly पढ़ नहीं रहा था।

अम्बरीन उसके सामने जाकर बैठ गई।

"तुम सच में आ गई," भारद्वाज ने किताब बंद करते हुए कहा।

"आप भी।"

"मैं तो पहले से यहाँ था।"

"Drama कम किया करो।"

"Impossible."

उसने coffee उसकी तरफ बढ़ाई।

"ये क्या है?"

"तुम्हारी addiction."

अम्बरीन cup लेते हुए हल्का सा मुस्कुराई। अब ये almost routine बन चुका था। Coffee, बारिश और endless conversations।

कुछ देर दोनों चुपचाप बाहर बारिश देखते रहे। फिर अचानक भारद्वाज बोला–

"वैसे तुम्हें पता है सबसे weird बात क्या है?"

"क्या?"

"मैं पहले library सिर्फ पढ़ने आता था।"

"अब?"

"अब यहाँ आने की वजह थोड़ी different है।"

अम्बरीन का दिल फिर हल्का सा अटका। उसने तुरंत नजरें खिड़की की तरफ कर लीं।

बारिश शीशों पर लगातार गिर रही थी। बाहर सड़क की lights धुंधली दिख रही थीं।

"तुम uncomfortable हो गई?" उसने धीरे से पूछा।

"नहीं।"

"फिर इतना बाहर क्यों देख रही हो?"

अम्बरीन कुछ seconds चुप रही। फिर धीरे से बोली—

"क्योंकि कुछ बातें सामने देखकर सुनना मुश्किल होता है।"

भारद्वाज पहली बार बिल्कुल चुप हो गया। जैसे उसने उस जवाब को seriously feel किया हो।

कुछ देर बाद उसने topic बदल दिया।

"वैसे तुमने कभी सोचा है कि अगर बारिश ना होती तो जालंधर कितना boring लगता?"

अम्बरीन हल्का सा हँसी।

"आप हर emotional बात के बाद random topic क्यों ले आते हो?"

"Self-defense."

"ये मेरा जवाब था।"

"अब मेरा भी है।"

इस बार दोनों साथ में हँसे। और शायद पहली बार अम्बरीन को genuinely लगा कि काफी समय बाद उसके दिन थोड़े हल्के लगने लगे हैं।

लेकिन उसे अब भी ये नहीं पता था कि धीरे-धीरे वही इंसान उसकी सबसे dangerous आदत बनने वाला था।

अध्याय 14

कुछ बातें अब छुप नहीं रही थीं

उस रात library से लौटते वक्त अम्बरीन unusually quiet थी। बाहर बारिश लगातार हो रही थी और सड़क पर पानी इतना भर चुका था कि कई गाड़ियाँ धीरे-धीरे चल रही थीं। उसने दुपट्टा थोड़ा और सिर पर खींच लिया और चलते-चलते phone निकाला।

No new messages.

लेकिन इस बार उसे message की जरूरत भी नहीं लग रही थी। क्योंकि जो बातें पहले सिर्फ chats में होती थीं, अब वो उसकी आवाज़, उसकी आँखों और उसके रुकने के तरीके में भी दिखाई देने लगी थीं।

घर पहुँचकर उसने shoes उतारे और सीधे अपने कमरे में चली गई। नीचे उसकी माँ कुछ relatives से phone पर बात कर रही थीं। पूरा घर normal था, लेकिन उसके अंदर कुछ धीरे-धीरे बदल रहा था।

उसने mirror में खुद को देखा।

और पहली बार notice किया कि वो पिछले कुछ दिनों से ज्यादा मुस्कुराने लगी है।

ये realization उसे अचानक uncomfortable लगा।

उसने तुरंत नजरें हटा लीं।

Phone vibrate हुआ।

Bhardwaj:
"घर पहुँच गई?"

उसने तुरंत reply नहीं किया। बस message को देखते हुए bed पर बैठ गई।

फिर धीरे से लिखा—

"हाँ।"

"Good."

कुछ seconds बाद दूसरा message आया—

"वैसे आज तुम unusually कम argue कर रही थीं।"

अम्बरीन हल्का सा मुस्कुराई।

"हर दिन energy नहीं होती।"

"Lie."

"अब क्या हुआ?"

"तुम सोच रही हो।"

उसने तुरंत screen को घूरा जैसे वो सच में उसे देख सकता हो।

"आपको कैसे पता?"

"तुम्हारे replies छोटे हो जाते हैं।"

उसने reply type किया... फिर delete कर दिया।

क्योंकि problem यही थी।

अब वो सच में notice करने लगा था।

और शायद उससे भी बड़ी problem ये थी कि उसे अच्छा लगने लगा था।

उस रात दोनों काफी देर तक बात करते रहे। किसी specific topic पर नहीं। बस random बातें। कभी college, कभी family, कभी favourite weather,

कभी वो चीज़ें जो इंसान सिर्फ उन्हीं लोगों को बताता है जिनके साथ वो धीरे-धीरे comfortable होने लगता है।

करीब डेढ़ बजे अचानक भारद्वाज ने पूछा—

"तुम कभी किसी को सब कुछ बताती हो?"

अम्बरीन कुछ seconds तक screen देखती रही।

फिर लिखा—

"नहीं।"

"क्यों?"

"लोग बदल जाते हैं।"

Reply आने में थोड़ा वक्त लगा।

फिर उसका message आया—

"हर कोई नहीं।"

अम्बरीन काफी देर तक उस एक line को पढ़ती रही। ना जाने क्यों उसका दिल अचानक heavy हो गया। शायद इसलिए क्योंकि उसे खुद नहीं पता था कि वो उस पर trust करना चाहती है या उससे बचना।

अगले दिन मौसम फिर cloudy था। अम्बरीन class में बैठी थी लेकिन आज उसका ध्यान लगातार phone पर जा रहा था। भारद्वाज अब तक नहीं आया था।

9:25 AM.

No sign.

उसने खुद को समझाया कि इससे उसे फर्क नहीं पड़ना चाहिए। लेकिन पड़ रहा था।

Lecture शुरू हो चुका था जब आखिरकार classroom का door खुला। वो अंदर आया, लेकिन आज कुछ अलग था। ना usual calm expression, ना वही casual energy।

वो quietly पीछे जाकर बैठ गया।

पूरी class में उसने एक बार भी message नहीं किया।

और यही बात अम्बरीन को disturb कर रही थी।

Lecture खत्म होने के बाद वो बाहर निकल रही थी जब पीछे से उसकी आवाज़ आई—

"अम्बरीन।"

वो मुड़ी।

करीब आकर उसने धीरे से कहा—

"Coffee?"

उसने कुछ seconds उसे देखा। आज उसकी आँखों के नीचे हल्की थकान थी।

"सब ठीक है?"

भारद्वाज हल्का सा मुस्कुराया।

"तुम बहुत जल्दी notice करने लगी हो।"

"Answer avoid मत करो।"

कुछ seconds वो चुप रहा। फिर धीरे से बोला—

"घर में थोड़ा mess चल रहा है बस।"

पहली बार उसकी आवाज़ genuinely tired लगी।

और पहली बार अम्बरीन को उसके लिए अजीब सी बेचैनी हुई।

अध्याय 15

अब उसकी परेशानी अपनी लगने लगी थी

अम्बरीन ने पहली बार उसे इतने quietly बोलते हुए देखा था। Usually उसकी आवाज़ में हल्की teasing रहती थी, जैसे वो हर serious बात को थोड़ा हल्का कर देता हो। लेकिन आज ऐसा कुछ नहीं था। उसकी आँखों के नीचे हल्की थकान थी और वो लगातार अपनी watch की strap से खेल रहा था।

दोनों canteen से थोड़ा दूर corridor की तरफ चले गए जहाँ भीड़ कम थी। बाहर मौसम फिर खराब होने लगा था। हवा तेज थी और पेड़ों की शाखाएँ लगातार हिल रही थीं।

"क्या हुआ?" अम्बरीन ने दोबारा पूछा।

भारद्वाज कुछ seconds चुप रहा, जैसे सोच रहा हो कितना बोलना चाहिए। फिर धीरे से बोला, "कुछ खास नहीं... बस घर में थोड़ी tension चल रही है।"

"किस बात की?"

"Dad चाहते हैं कि मैं अगले साल Chandigarh shift हो जाऊँ।"

अम्बरीन कुछ seconds तक उसे देखती रही। पता नहीं क्यों उस एक बात ने उसके अंदर अजीब सी बेचैनी पैदा कर दी।

"Shift... मतलब permanently?"

"Maybe."

उसने बहुत casually बोलने की कोशिश की, लेकिन उसकी आवाज़ में हल्की थकान अब भी थी।

अम्बरीन ने तुरंत नजरें दूसरी तरफ कर लीं। उसे खुद समझ नहीं आया कि उसके दिल में अचानक ऐसा खालीपन क्यों आया।

"तुम okay हो?" भारद्वाज ने धीरे से पूछा।

"हाँ... क्यों?"

"तुम अचानक बहुत चुप हो गई।"

"मैं usually भी चुप ही रहती हूँ।"

"नहीं," उसने पहली बार बिना मुस्कुराए कहा, "अब नहीं रहती।"

उसके बाद कुछ seconds दोनों के बीच silence रहा। Corridor में बाकी students हँसते-बोलते गुजर रहे थे, लेकिन ना जाने क्यों उन दोनों के आसपास सब कुछ थोड़ा धीमा लग रहा था।

"तुम जाओगे?" अम्बरीन ने आखिर धीरे से पूछा।

"पता नहीं। अभी कुछ decide नहीं हुआ।"

"ओह।"

बस इतना।

लेकिन उस छोटे से जवाब के पीछे जितनी disappointment थी, वो शायद दोनों समझ रहे थे।

भारद्वाज ने उसे ध्यान से देखा। "तुम्हें फर्क पड़ेगा?"

अम्बरीन का दिल literally half second के लिए रुक गया। उसने तुरंत उसकी तरफ देखा, फिर नजरें हटा लीं।

"मैंने ऐसा कब कहा?"

"तुम्हारी problem पता है क्या है?" वो हल्का सा मुस्कुराया, "तुम कभी सीधा जवाब नहीं देती।"

"और आपकी problem ये है कि आप हर बात का मतलब निकाल लेते हो।"

"क्योंकि कई बार लोग words से ज्यादा silence में honest होते हैं।"

अम्बरीन जवाब नहीं दे पाई।

क्योंकि शायद वो सही कह रहा था।

उस दिन बाकी lectures दोनों ने almost बिना ध्यान दिए attend किए। बीच-बीच में उनकी नजरें मिलतीं, फिर दोनों instantly दूसरी तरफ देखने लगते। पहले ये सब casual लगता था, अब नहीं।

शाम को library surprisingly खाली थी। बाहर तेज बारिश हो रही थी और अंदर सिर्फ कुछ students बैठे थे। अम्बरीन अपनी usual seat पर बैठी थी लेकिन आज उसका ध्यान बिल्कुल भी पढ़ाई में नहीं लग रहा था।

करीब दस मिनट बाद भारद्वाज आया। उसने quietly सामने वाली chair खींची और बैठ गया।

आज पहली बार दोनों कुछ देर तक बिना बोले बैठे रहे।

ना teasing।
ना random jokes।

बस बारिश की आवाज़।

अम्बरीन ने धीरे से पूछा, "घर में सब ठीक हो जाएगा ना?"

भारद्वाज ने उसकी तरफ देखा। शायद उसे उम्मीद नहीं थी कि वो फिर से वही बात पूछेगी।

"हो जाएगा," उसने धीरे से कहा, "बस कभी-कभी लगता है लोग बहुत जल्दी decide कर लेते हैं कि तुम्हें क्या बनना चाहिए।"

"Parents हमेशा ऐसा करते हैं।"

"तुम्हारे घर में भी?"

अम्बरीन हल्का सा हँसी, लेकिन उस हँसी में थकान थी। "मेरे घर में तो मेरी शादी तक की planning हो चुकी होगी शायद।"

वो casually बोलना चाहती थी, लेकिन भारद्वाज तुरंत serious हो गया।

"तुम्हारी शादी?"

"Relax," वो हल्का सा मुस्कुराई, "अभी नहीं हो रही।"

"Funny नहीं था।"

उसकी आवाज़ unexpectedly serious थी। अम्बरीन कुछ seconds उसे देखती रही। पहली बार उसे लगा कि उसकी कुछ बातें भारद्वाज genuinely feel करता है।

"वैसे भी," उसने धीरे से कहा, "हमारे यहाँ लड़कियों की जिंदगी ज़्यादा complicated नहीं होने दी जाती।"

"मतलब?"

"बस... पढ़ लो, settle हो जाओ, फिर किसी दिन शादी।"

"और तुम क्या चाहती हो?"

उसने तुरंत जवाब नहीं दिया। क्योंकि सच ये था कि उसने खुद कभी seriously नहीं सोचा था।

कुछ seconds बाद उसने धीरे से कहा, "पता नहीं।"

भारद्वाज उसे देखता रहा। फिर बहुत धीमी आवाज़ में बोला—

“तुम्हें पता है तुम्हारी सबसे sad बात क्या है?”

“क्या?”

“तुम्हें खुद नहीं पता कि तुम deserve क्या करती हो।”

उसके बाद अम्बरीन काफी देर तक कुछ नहीं बोल पाई।

बाहर बारिश लगातार होती रही।
और शायद पहली बार उसे डर लगा कि ये जो धीरे-धीरे उसके अंदर जगह बन रही है... कहीं वही बाद में सबसे ज्यादा दर्द ना दे जाए।

अध्याय 16

कुछ रिश्ते नाम माँगने लगते हैं

उस रात अम्बरीन बहुत देर तक जागती रही। कमरे की light बंद थी, सिर्फ table lamp जल रहा था और बाहर बारिश अब भी लगातार हो रही थी। उसने कई बार diary खोली, फिर बंद कर दी। कुछ feelings ऐसी होती हैं जिन्हें लिखना आसान नहीं होता, क्योंकि लिखते ही वो सच लगने लगती हैं।

उसने phone उठाया।

12:11 AM.

No messages.

अजीब बात ये थी कि अब उसकी आदत हो गई थी रात में उसके message की। पहले रात सिर्फ रात होती थी। अब उसमें इंतज़ार भी शामिल हो गया था।

करीब दो मिनट बाद phone vibrate हुआ।

Bhardwaj:
"सो गई?"

अम्बरीन ने तुरंत reply नहीं किया। पहले हमेशा वो थोड़ा time लेती थी, लेकिन आज उसने instantly phone उठा लिया था। फिर खुद को रोकने के लिए कुछ seconds screen देखते रही।

"नहीं।"

"Good."

"आप?"

"नींद नहीं आ रही।"

"क्यों?"

Typing...

फिर typing गायब।

फिर दोबारा।

"बस ऐसे ही।"

अम्बरीन bed से उठकर खिड़की के पास आकर खड़ी हो गई। नीचे सड़क पर पानी चमक रहा था और दूर कहीं किसी dog के भौंकने की आवाज़ आ रही थी।

"आप जब 'बस ऐसे ही' बोलते हो ना," उसने लिखा, "तब usually कुछ ना कुछ होता जरूर है।"

इस बार reply जल्दी नहीं आया। लगभग एक minute बाद उसका message आया—

"तुम्हें अब मेरी आदतें समझ आने लगी हैं।"

अम्बरीन कुछ seconds तक वही line पढ़ती रही। उसे समझ नहीं आया कि वो smile करे या खुद से डर जाए।

"और आपको लगता है ये अच्छी बात है?"

"पता नहीं।"

"मतलब?"

"मतलब कुछ चीज़ें अच्छी भी लगती हैं और dangerous भी।"

उसका दिल अचानक थोड़ा heavy हो गया। शायद इसलिए क्योंकि वो खुद भी यही feel करने लगी थी।

कुछ देर तक दोनों बिना कुछ लिखे online रहे। जैसे कोई कुछ कहना चाहता हो लेकिन सही words ना मिल रहे हों।

फिर अचानक भारद्वाज का message आया—

"वैसे अगर मैं Chandigarh चला गया तो तुम मुझे भूल जाओगी?"

अम्बरीन का दिल एकदम अटक गया।

उसने तुरंत reply type किया—

"हाँ।"

Delete।

फिर—

"Maybe."

Delete।

फिर आखिर में सिर्फ लिखा—

"पता नहीं।"

Reply instantly आया—

"फिर से वही word."

अम्बरीन हल्का सा मुस्कुराई लेकिन उसकी आँखों में अजीब सी बेचैनी उतर आई थी।

"आपको उससे इतनी problem क्यों है?"

"क्योंकि उसमें हमेशा distance feel होता है।"

उसने काफी देर तक कोई reply नहीं किया। फिर धीरे से लिखा—

"हर चीज़ का clear answer नहीं होता।"

"कुछ चीज़ों का होता है।"

"जैसे?"

Typing...

काफी देर तक typing दिखती रही। फिर अचानक गायब हो गई।

अम्बरीन screen को देखती रह गई।

करीब तीस seconds बाद नया message आया—

"छोड़ो।"

और ना जाने क्यों, उस "छोड़ो" में उसे पहले से ज्यादा बेचैनी महसूस हुई।

अगले दिन मौसम बहुत भारी था। बादल पूरे शहर पर फैले हुए थे और हवा में अजीब सी घुटन थी। अम्बरीन कॉलेज पहुँची तो उसका mood वैसे ही off था। उसने खुद को कई बार समझाया कि वो unnecessarily attached हो रही है, लेकिन feelings समझाने से कहाँ रुकती हैं।

Class शुरू होने वाली थी जब भारद्वाज अंदर आया। आज उसने उसे देखकर smile नहीं किया। बस quietly अपनी seat पर जाकर बैठ गया।

पूरे lecture में दोनों ने एक भी message नहीं किया।

और यही silence सबसे ज्यादा disturb कर रहा था।

Lecture खत्म होने के बाद अम्बरीन बाहर निकल रही थी जब पीछे से उसकी आवाज़ आई—

"एक minute।"

वो रुकी।

भारद्वाज उसके सामने आकर खड़ा हो गया। कुछ seconds तक दोनों चुप रहे।

फिर उसने धीरे से पूछा—

"तुम नाराज़ हो?"

"नहीं।"

"झूठ।"

"हर बात पर झूठ बोलना जरूरी है क्या?"

"हर बात छुपाना जरूरी है क्या?"

अम्बरीन पहली बार genuinely irritate हो गई।

"आपको हर चीज़ का answer उसी वक्त क्यों चाहिए होता है?"

"क्योंकि मैं guess नहीं करना चाहता।"

"तो मत करो।"

कुछ seconds दोनों बिल्कुल चुप रहे। Corridor में लोग गुजर रहे थे लेकिन उस moment में जैसे बाकी सब आवाज़ें धीमी हो गई थीं।

फिर भारद्वाज ने बहुत धीरे से कहा–

“Problem ये है कि अब फर्क पड़ने लगा है।”

अम्बरीन का दिल अचानक बहुत जोर से धड़का।

उसने पहली बार उसकी आँखों में सीधा देखा।

और शायद उसी पल दोनों को एहसास हुआ कि ये अब सिर्फ normal friendship नहीं रही।

अध्याय 17

अब डर शुरू हो गया था

उस दिन के बाद दोनों के बीच कुछ officially बदला नहीं था, लेकिन फिर भी सब कुछ पहले जैसा नहीं रहा। अब conversations में वो हल्कापन नहीं था जो शुरुआत में हुआ करता था। अब हर बात के पीछे कोई ना कोई छुपा हुआ मतलब महसूस होने लगा था, और शायद इसी वजह से दोनों थोड़ा संभलकर बात करने लगे थे।

लेकिन feelings संभलने से कहाँ रुकती हैं।

उस शाम अम्बरीन library पहुँची तो बाहर मौसम बहुत खराब था। तेज हवा चल रही थी और आसमान इतना dark था जैसे रात जल्दी उतर आई हो। उसने अंदर जाकर अपनी usual seat पर bag रखा और phone निकालकर time देखा।

6:42 PM.

उसका ध्यान बार-बार entrance की तरफ जा रहा था।

और वो खुद से irritate हो रही थी।

"तुम्हें क्या हो रहा है?"

पहले वो अकेले बैठकर घंटों comfortable रहती थी। अब किसी के आने का इंतज़ार होने लगा था। और यही बात उसे सबसे ज्यादा uncomfortable कर रही थी।

करीब पाँच मिनट बाद सामने वाली chair खिसकी।

लेकिन इस बार ना कोई joke आया,
ना कोई teasing।

भारद्वाज quietly बैठ गया।

उसने आज black shirt पहनी हुई थी और बाल बारिश की वजह से हल्के गीले थे। उसने table पर coffee रखी, लेकिन कुछ बोला नहीं।

अम्बरीन ने पहली बार notice किया कि उसकी silence भी अलग-अलग होती है। कभी comfortable, कभी thoughtful... और आज वाली silence heavy थी।

"घर में फिर कुछ हुआ?" उसने धीरे से पूछा।

भारद्वाज हल्का सा मुस्कुराया, लेकिन उस smile में थकान थी। "तुम्हें अब सब पता चल जाता है क्या?"

"आप hide अच्छे से नहीं करते।"

"और तुम feel बहुत जल्दी कर लेती हो।"

कुछ seconds दोनों चुप रहे।

फिर उसने धीरे से कहा, "Dad चाहते हैं कि मैं अगले महीने Chandigarh shift हो जाऊँ। Final बात almost हो चुकी है।"

उस एक sentence के बाद अम्बरीन के अंदर जैसे कुछ धीरे से बैठ गया। बाहर बारिश की आवाज़ पहले जैसी ही थी, library भी वही थी... लेकिन अचानक सब कुछ distant लगने लगा।

उसने तुरंत कोई reaction नहीं दिया। बस coffee cup दोनों हाथों से पकड़ लिया।

"तुम कुछ बोल क्यों नहीं रही?" भारद्वाज ने पूछा।

"क्या बोलूँ?"

"कुछ भी।"

अम्बरीन हल्का सा हँसी, लेकिन उसकी आँखों में sadness साफ थी। "आपको हर बात का proper answer क्यों चाहिए होता है?"

"क्योंकि तुम्हारी खामोशी dangerous होती जा रही है।"

वो उसकी तरफ देखने लगी। शायद पहली बार उसने इतनी सीधी बात कही थी।

"और अगर मैं कुछ बोल दूँ," अम्बरीन ने बहुत धीरे से पूछा, "तो क्या चीज़ें आसान हो जाएँगी?"

भारद्वाज कुछ seconds तक उसे देखता रहा। फिर उसने नजरें नीचे कर लीं।

"नहीं।"

बस एक word।

और शायद वही सबसे painful चीज़ थी।

दोनों जानते थे कि जो भी हो रहा है, वो simple नहीं है।

उस रात दोनों library से साथ निकले। बाहर बारिश बहुत तेज थी। सड़क पर hardly कोई दिख रहा था। भारद्वाज ने bike के पास रुककर helmet उठाया।

"मैं छोड़ देता हूँ।"

"नहीं, मैं चली जाऊँगी।"

"अम्बरीन."

उसने पहली बार उसका नाम उस tone में लिया था जिसमें request कम और concern ज्यादा था।

"बारिश बहुत तेज है।"

कुछ seconds वो चुप रही। फिर धीरे से bike पर बैठ गई।

पूरे रास्ते दोनों लगभग चुप रहे। हवा बहुत ठंडी थी और बारिश लगातार चेहरे पर पड़ रही थी। अम्बरीन ने दुपट्टा थोड़ा और खींच लिया।

Signal पर bike रुकी तो भारद्वाज ने बिना पीछे देखे पूछा—

"तुम मुझसे दूर होने की कोशिश कर रही हो क्या?"

उसका दिल जोर से धड़का।

"नहीं।"

"फिर हर बार पीछे क्यों हट जाती हो?"

अम्बरीन ने जवाब नहीं दिया।

क्योंकि सच ये था कि अब उसे खुद से डर लगने लगा था।

उसे महसूस होने लगा था कि वो उसकी presence की इतनी आदी हो चुकी है कि उसके जाने का ख्याल भी उसे बेचैन कर देता है।

और शायद यही वो moment था जहाँ मोहब्बत धीरे-धीरे डर में बदलने लगती है।

अध्याय 18

कुछ बातें अब आँखों में आने लगी थीं

उस रात के बाद अम्बरीन खुद को normal behave करने के लिए मजबूर करने लगी। उसने तय किया कि अब वो थोड़ा distance रखेगी। क्योंकि जितना वो भारद्वाज के करीब आती जा रही थी, उतना ही उसे अंदर एक अजीब सा डर महसूस होने लगा था। डर इस बात का नहीं कि लोग क्या कहेंगे... डर इस बात का कि अगर वो सच में उसकी आदत बन गया, तो उसके बिना क्या होगा।

लेकिन problem यही थी।

कुछ रिश्ते जितना दूर करने की कोशिश करो, उतना ही दिल में उतरते जाते हैं।

अगले दो दिन दोनों की बातचीत surprisingly कम रही। ना late night calls, ना endless chats। सिर्फ छोटे-छोटे messages।

"Reached?"

"Haan."

"Class aa rahi ho?"

"Hmm."

और इन छोटे replies के पीछे जितनी बेचैनी थी, वो शायद दोनों feel कर रहे थे।

तीसरे दिन शाम को अम्बरीन library गई तो बाहर मौसम बहुत ठंडा था। हवा में बारिश की नमी थी और आसमान फिर dark हो चुका था। उसने

अंदर जाकर seat ली, लेकिन आज उसका ध्यान बिल्कुल भी किताबों में नहीं लग रहा था।

उसने phone निकाला।

No messages.

उसने खुद को समझाया कि अच्छा है। Distance जरूरी है।

लेकिन अगले ही second उसका दिल entrance की तरफ देखने लगा।

करीब दस मिनट बाद भारद्वाज अंदर आया।

आज वो पहले जैसा नहीं लग रहा था। चेहरे पर हल्की irritation थी, जैसे कई दिनों से ठीक से सोया ना हो। उसने आते ही कोई joke नहीं किया। बस सामने chair खींचकर बैठ गया।

कुछ seconds तक दोनों चुप रहे।

फिर उसने धीरे से पूछा—

“तुम avoid कर रही हो मुझे?”

अम्बरीन का दिल अचानक तेज धड़कने लगा।

“नहीं।”

“फिर suddenly इतनी formal क्यों हो गई?”

“मैं normal हूँ।”

“नहीं,” उसने पहली बार उसकी बात काट दी, “तुम normal नहीं हो।”

अम्बरीन ने नजरें किताब पर गिरा दीं। उसे महसूस हो रहा था कि अगर उसने ज्यादा देर उसकी तरफ देखा तो शायद वो खुद को संभाल नहीं पाएगी।

"अम्बरीन..."

उसने धीरे से उसका नाम लिया।

"Look at me."

उसने बहुत धीरे से नजर उठाई।

और पहली बार उसे उसकी आँखों में वो बेचैनी दिखी जो शायद पिछले कुछ दिनों से उसके अंदर भी थी।

"अगर कोई problem है," भारद्वाज ने धीरे आवाज़ में कहा, "तो बोलो।"

"कोई problem नहीं है।"

"फिर ये distance क्यों?"

अम्बरीन कुछ seconds तक बिल्कुल चुप रही। बाहर बारिश शुरू हो चुकी थी और library की खिड़कियों पर बूंदों की आवाज़ लगातार आ रही थी।

"क्योंकि कुछ चीज़ें complicated हो रही हैं," उसने आखिर धीरे से कहा।

"क्या complicated है?"

वो हल्का सा हँसी, लेकिन उस हँसी में दर्द था। "आप genuinely नहीं समझ रहे... या समझकर ignore कर रहे हो?"

भारद्वाज पहली बार बिल्कुल चुप हो गया।

दोनों के बीच silence फैल गया।

और उस silence में पहली बार वो सारी बातें थीं जो दोनों बोल नहीं पा रहे थे।

कुछ देर बाद उसने बहुत धीरे से पूछा—

"तुम्हें डर लग रहा है?"

अम्बरीन की आँखें अनजाने में उसकी तरफ उठीं।

और शायद वही उसकी सबसे honest reply थी।

भारद्वाज ने धीरे से साँस छोड़ी। फिर पीछे होकर chair से टिक गया और हल्का सा मुस्कुराया, लेकिन उस smile में थकान थी।

"Funny thing पता है क्या?" उसने कहा, "मुझे भी।"

उस एक sentence ने जैसे अम्बरीन के अंदर जमा सारी दीवारों को और कमजोर कर दिया।

क्योंकि पहली बार दोनों openly उस चीज़ को feel कर रहे थे जिससे अब तक बचने की कोशिश कर रहे थे।

कुछ देर तक कोई कुछ नहीं बोला।

फिर अचानक बिजली गई और पूरी library कुछ seconds के लिए almost dark हो गई। बाहर thunder की आवाज़ आई और अम्बरीन अनजाने में थोड़ा चौंक गई।

उसी moment भारद्वाज का हाथ हल्के से उसके हाथ से छू गया।

बस half second।

लेकिन दोनों instantly still हो गए।

ना उसने हाथ हटाया।
ना अम्बरीन ने।

और शायद वही पहली बार था जब silence ने दोनों से वो कबूल करवाया... जो words अब तक नहीं कर पाए थे।

अध्याय 19

अब खामोशी भी रिश्ता लगने लगी थी

उस रात के बाद दोनों के बीच कुछ भी पहले जैसा नहीं रहा। technically देखा जाए तो ना किसी ने "I love you" कहा था, ना किसी ने कोई वादा किया था, लेकिन फिर भी दोनों जानते थे कि अब ये सब सिर्फ friendship नहीं रहा। Problem बस ये थी कि दोनों में से कोई भी उस एहसास को नाम देने की हिम्मत नहीं कर पा रहा था।

अम्बरीन घर तो आ गई थी, लेकिन उसका पूरा दिमाग अब भी library में अटका हुआ था। उसने कमरे की light बंद की, सिर्फ table lamp जलाया और खिड़की के पास जाकर बैठ गई। बाहर बारिश लगातार हो रही थी। सड़क पर पानी जमा था और दूर-दूर तक वही ठंडी हवा फैली हुई थी जो जालंधर की बरसाती रातों में अक्सर महसूस होती थी।

उसने अपना दायाँ हाथ धीरे से देखा।

उसी हाथ को... जिसे कुछ घंटों पहले भारद्वाज का हाथ छूकर गया था।

बस कुछ seconds के लिए।

लेकिन ना जाने क्यों उसे अब भी उसकी warmth feel हो रही थी।

उसने तुरंत आँखें बंद कर लीं।

"ये ठीक नहीं है..."

लेकिन दिल problems को समझता कहाँ है।

Phone vibrate हुआ।

उसने बिना देखे ही समझ लिया कौन होगा।

Bhardwaj:
"सो गई?"

उसने message खोला, लेकिन तुरंत reply नहीं किया। उसे खुद समझ नहीं आ रहा था कि अब कैसे behave करना चाहिए। पहले बातें आसान थीं। अब हर छोटी चीज़ heavy लगने लगी थी।

करीब एक minute बाद दूसरा message आया—

"अगर awkward feel हो रहा है तो बोल दो।"

उसने तुरंत reply किया—

"Awkward नहीं है।"

Typing...

"फिर इतनी चुप क्यों हो?"

अम्बरीन ने कुछ seconds तक screen देखी। फिर धीरे-धीरे लिखा—

"क्योंकि कुछ चीज़ें समझ नहीं आ रहीं।"

इस बार reply आने में थोड़ा वक्त लगा।

"Same."

बस एक word।

लेकिन वही word उसके दिल में उतर गया। क्योंकि शायद पहली बार वो दोनों exactly same चीज़ feel कर रहे थे।

उसने phone side में रखा और bed पर लेट गई। लेकिन पाँच minutes बाद फिर उठाकर वही chat खोल ली।

उसकी आदत हो रही थी।

Dangerously.

उधर भारद्वाज भी अपने कमरे में जाग रहा था। Chandigarh वाली बात अब घर में almost final हो चुकी थी। उसके father चाहते थे कि वो अगले semester के बाद वहीं shift हो जाए। Better opportunities. Better future. Better career.

सब कुछ better था।

बस एक चीज़ छोड़कर।

उसने आँखें बंद कीं तो अचानक अम्बरीन का चेहरा सामने आ गया। उसकी half smiles। उसका "शायद।" उसका हर बात से बचना। और फिर अचानक एकदम honest हो जाना।

वो खुद पर हल्का सा हँसा।

"ये लड़की problem बनने वाली है।"

लेकिन शायद वो बन चुकी थी।

अगले दिन मौसम unusually साफ था। कई दिनों बाद धूप निकली थी। College campus बारिश के बाद fresh लग रहा था। Trees चमक रहे थे, ground अभी भी थोड़ा गीला था और canteen हमेशा की तरह noisy थी।

अम्बरीन class में बैठी थी लेकिन आज उसका ध्यान बिल्कुल भी lecture में नहीं था। उसने कई बार खुद को force किया कि normal behave करे। Simran उससे कुछ बोल रही थी लेकिन उसका आधा ध्यान भी वहाँ नहीं था।

"तू सुन भी रही है?" सिमरन ने आखिर irritate होकर पूछा।

"हाँ।"

"तो मैंने अभी क्या कहा?"

अम्बरीन चुप हो गई।

सिमरन suspicious होकर उसे देखने लगी। "क्या चल रहा है?"

"कुछ भी नहीं।"

"देख, मैं तुझे बचपन से जानती हूँ। तू जब ज्यादा चुप होती है ना, तब definitely कुछ होता है।"

अम्बरीन ने जवाब नहीं दिया। क्योंकि अगर वो बोलती, तो शायद खुद भी admit करना पड़ता कि उसके अंदर क्या चल रहा है।

तभी classroom का door खुला।

और वो अंदर आया।

भारद्वाज।

आज उसने white shirt पहनी हुई थी और हमेशा की तरह आते ही उसकी नजर सीधे अम्बरीन पर गई। बस दो seconds के लिए।

लेकिन उन दो seconds में इतना कुछ था कि अम्बरीन तुरंत नजरें दूसरी तरफ कर गई।

सिमरन ने वही notice कर लिया।

"ओह।"

"क्या?"

"अब समझ आया।"

अम्बरीन का दिल literally skip कर गया। "क्या समझ आया?"

सिमरन मुस्कुराई लेकिन कुछ बोली नहीं।

पूरे lecture में आज किसी ने किसी को message नहीं किया। फिर भी दोनों बार-बार एक-दूसरे को notice कर रहे थे। जब teacher board की तरफ देखते, अम्बरीन अनजाने में पीछे देख लेती। और almost हर बार भारद्वाज पहले से उसे देख रहा होता।

ये चीज़ अब dangerous होती जा रही थी।

Lecture खत्म होने के बाद अम्बरीन जल्दी से बाहर निकल गई। उसे खुद से थोड़ी दूरी चाहिए थी। वो corridor से नीचे उतर ही रही थी कि पीछे से footsteps सुनाई दिए।

"अम्बरीन।"

उसने रुककर पीछे देखा।

भारद्वाज उसके सामने आकर खड़ा हो गया। आज उसकी आँखों में वही calmness नहीं थी। कुछ और था। Restlessness शायद।

"तुम मुझसे भाग क्यों रही हो?" उसने सीधे पूछा।

अम्बरीन कुछ seconds उसे देखती रही। फिर धीरे से बोली—

"मैं किसी से नहीं भाग रही।"

"झूठ।"

"आपको हर बात झूठ क्यों लगती है?"

"क्योंकि तुम्हारी आँखें हर बार सच बोल देती हैं।"

वो चुप हो गई।

क्योंकि शायद पहली बार उसके पास कोई बचने वाला जवाब नहीं था।

Corridor लगभग खाली हो चुका था। दूर कुछ students हँसते हुए नीचे जा रहे थे लेकिन उनके आसपास अजीब सी खामोशी थी।

"देखो..." भारद्वाज ने धीरे से कहा, "अगर तुम्हें लगता है कि ये सब गलत direction में जा रहा है, तो बोल दो। मैं पीछे हट जाऊँगा।"

उस एक sentence ने अम्बरीन का दिल अजीब तरह से hurt किया।

क्यों?

उसे खुद नहीं पता था।

उसने कुछ seconds तक नीचे देखा। फिर बहुत धीरे से बोली—

"और अगर मैं नहीं चाहती कि आप पीछे हटो तो?"

दोनों चुप हो गए।

उस moment में जैसे पूरी दुनिया कुछ seconds के लिए रुक गई थी।

भारद्वाज उसे देखता रहा। शायद उसने उम्मीद नहीं की थी कि अम्बरीन कभी इतनी honestly कुछ बोलेगी।

उसने धीरे से पूछा—

"फिर क्या चाहती हो?"

अम्बरीन के पास जवाब नहीं था।

या शायद था...
लेकिन वो खुद उससे डर रही थी।

क्योंकि कुछ रिश्ते उस stage पर पहुँच जाते हैं जहाँ दिल सब समझ जाता है... लेकिन दिमाग अभी भी डरता रहता है।

अध्याय 20

कुछ एहसास अब छुप नहीं रहे थे

उस सवाल के बाद दोनों काफी देर तक वहीं खड़े रहे।

"फिर क्या चाहती हो?"

अम्बरीन ने पहली बार महसूस किया कि कुछ questions ऐसे होते हैं जिनका जवाब इंसान जानता तो है... लेकिन बोल नहीं पाता। क्योंकि कई बार सच बोल देने से चीज़ें आसान नहीं होतीं, और मुश्किल हो जाती हैं।

उसने धीरे से नजरें दूसरी तरफ कर लीं। Corridor की खिड़कियों से हल्की धूप अंदर आ रही थी। बारिश रुक चुकी थी लेकिन हवा में अब भी वही नमी थी।

"मुझे नहीं पता," उसने आखिर बहुत धीमी आवाज़ में कहा।

भारद्वाज उसे कुछ seconds तक देखता रहा। फिर हल्का सा मुस्कुराया, लेकिन उस smile में पहले जैसी teasing नहीं थी। "तुम्हें पता है... तुम हर बार यही बोलती हो जब तुम्हें actually सब पता होता है।"

अम्बरीन जवाब नहीं दे पाई।

क्योंकि शायद वो सही कह रहा था।

उस दिन दोनों साथ library नहीं गए। ना किसी ने पूछा, ना किसी ने force किया। लेकिन अजीब बात ये थी कि distance रखने की कोशिश के बावजूद दोनों का ध्यान लगातार एक-दूसरे पर ही था।

शाम को अम्बरीन अपने कमरे में बैठी थी। बाहर मौसम फिर से बदलने लगा था। जालंधर की शामें उसे हमेशा से थोड़ी उदास लगती थीं, लेकिन आज वाली उदासी अलग थी। अब उसमें डर शामिल हो गया था।

उसने diary खोली।

काफी देर तक blank page देखती रही।

फिर धीरे-धीरे लिखना शुरू किया—

“कुछ लोग जिंदगी में धीरे-धीरे आते हैं... और फिर इतना अंदर तक उतर जाते हैं कि उनसे दूर होने का ख्याल भी इंसान को बदलने लगता है।”

उसने pen रोक दिया।

फिर उसी नीचे छोटी writing में लिखा—

“और शायद यही सबसे dangerous चीज़ है।”

Phone vibrate हुआ।

उसने तुरंत diary बंद की।

Bhardwaj:
“तुम आज पूरे दिन unusually quiet थीं।”

अम्बरीन कुछ seconds तक screen देखती रही। फिर reply किया—

“आप भी।”

“मैं reason पूछ सकता हूँ?”

“अगर मैं ना बोलूँ तो?”

“फिर भी समझ जाऊँगा।”

उसने अनजाने में हल्की smile कर दी। यही problem थी उसके साथ। वो उसकी हर guarded बात के पीछे पहुँच जाता था।

“आप हर चीज़ feel कैसे कर लेते हो?” उसने पूछा।

Reply आया—

"क्योंकि तुम्हारे साथ fake रहना मुश्किल है।"

उसका दिल अचानक बहुत शांत हो गया। कुछ लोग ऐसे होते हैं जिनकी एक simple line भी अंदर तक उतर जाती है।

करीब दस मिनट तक दोनों random बातें करते रहे। लेकिन दोनों जानते थे कि असली बात कुछ और है। वो बात जो लगातार दोनों के बीच मौजूद थी लेकिन कोई clearly बोल नहीं रहा था।

फिर अचानक भारद्वाज का message आया—

"Call?"

अम्बरीन ने तुरंत phone की screen lock कर दी।

उसका दिल तेज धड़कने लगा था।

अब calls पहले जैसी easy नहीं लगती थीं। अब उसकी आवाज़ सुनना dangerous हो गया था। क्योंकि उसकी आवाज़ में वो चीज़ें महसूस होने लगी थीं जिनसे वो खुद बचने की कोशिश कर रही थी।

करीब thirty seconds बाद फिर message आया—

"Only if you want to."

उसने धीरे से आँखें बंद कीं।

फिर reply किया—

"Okay."

कुछ ही seconds बाद उसका phone vibrate हुआ।

उसने call receive की लेकिन कुछ बोली नहीं।

दूसरी तरफ भी silence था।

फिर भारद्वाज की आवाज़ आई—

"तुम हर बार पहले चुप क्यों हो जाती हो?"

अम्बरीन खिड़की के पास जाकर खड़ी हो गई। नीचे सड़क पर lights जल चुकी थीं और दूर कहीं फिर thunder की आवाज़ आई।

"क्योंकि मुझे समझ नहीं आता क्या बोलना चाहिए।"

"तो मत सोचो।"

"आपके लिए आसान होगा।"

"नहीं," उसने बहुत धीरे से कहा, "मेरे लिए भी आसान नहीं है।"

उसकी आवाज़ में पहली बार वो softness थी जिससे अम्बरीन का दिल और ज्यादा बेचैन हो गया।

कुछ seconds दोनों चुप रहे।

फिर भारद्वाज ने धीरे से पूछा—

"तुम सच में चाहती हो मैं चला जाऊँ?"

उसने तुरंत जवाब नहीं दिया।

क्योंकि यही वो सवाल था जिससे वो पिछले कई दिनों से खुद भाग रही थी।

"अम्बरीन?"

उसने बहुत धीरे से कहा—

"नहीं।"

बस एक word।

लेकिन उस एक word के बाद दोनों काफी देर तक कुछ बोल नहीं पाए।

क्योंकि पहली बार अम्बरीन ने बिना “शायद” के कोई जवाब दिया था।

और शायद पहली बार भारद्वाज genuinely डर गया था... कि अब वो उससे दूर नहीं रह पाएगा।

अध्याय 21

अब बातें दिल तक पहुँचने लगी थीं

उस रात call जल्दी खत्म नहीं हुई।

पहले की तरह random बातें शुरू हुई थीं, लेकिन आज दोनों की आवाज़ों में कुछ अलग था। अब बीच-बीच में silence आने लगा था... और वो silence awkward नहीं था। बस heavy था। जैसे दोनों बहुत कुछ सोच रहे हों लेकिन words carefully choose कर रहे हों।

अम्बरीन खिड़की के पास बैठी थी। बाहर फिर हल्की बारिश शुरू हो चुकी थी। सड़क पर पानी में street lights टूटकर चमक रही थीं और हवा में वही ठंडक थी जो उसे हमेशा से पसंद थी।

“तुम अभी भी जाग रही हो?” भारद्वाज ने धीरे से पूछा।

अम्बरीन हल्का सा हँसी। “आपसे बात करते हुए सो जाऊँ क्या?”

“तुम कर सकती हो। तुम capable हो weird चीज़ों की।”

“Funny नहीं था।”

“थोड़ा था।”

उसने पहली बार महसूस किया कि अब उसकी आवाज़ सुनकर उसके चेहरे पर automatically smile आ जाती है। और यही realization उसे सबसे ज्यादा डराने लगा था।

कुछ seconds बाद भारद्वाज फिर बोला—

"वैसे आज तुमने पहली बार बिना 'शायद' के जवाब दिया।"

अम्बरीन तुरंत चुप हो गई।

उसने महसूस किया कि उसके दिल की धड़कन अचानक तेज हो गई है।

"Regret हो रहा है?" उसने धीरे से पूछा।

"नहीं..."

उसके मुँह से इतना softly निकला कि खुद उसे भी महसूस हुआ।

दूसरी तरफ कुछ seconds silence रहा। फिर भारद्वाज बहुत धीमी आवाज़ में बोला–

"Good."

बस एक word।

लेकिन उस एक word में जितनी राहत थी, वो अम्बरीन clearly feel कर सकती थी।

उस रात दोनों ने future के बारे में भी पहली बार seriously बात की। Chandigarh, family pressure, expectations... और उन सब चीज़ों के बीच वो अजीब सा रिश्ता जो दोनों avoid करने की कोशिश कर रहे थे लेकिन कर नहीं पा रहे थे।

"अगर तुम चले गए," अम्बरीन ने धीरे से पूछा, "तो सब same रहेगा क्या?"

कुछ seconds दूसरी तरफ silence रहा।

फिर उसने honestly कहा–

"नहीं।"

उसका दिल अचानक heavy हो गया।

"और अगर ना जाऊँ... तब भी शायद same नहीं रहेगा।"

"क्यों?"

"क्योंकि कुछ चीज़ें change हो चुकी हैं।"

अम्बरीन ने आँखें बंद कर लीं।

उसे महसूस हो रहा था कि वो जिस चीज़ से इतने दिनों से बचने की कोशिश कर रही थी, वो अब धीरे-धीरे unavoidable होती जा रही है।

करीब ढाई बजे call खत्म हुई।

लेकिन call कटने के बाद भी वो काफी देर तक phone हाथ में पकड़े बैठी रही। बाहर बारिश लगातार हो रही थी और उसके अंदर पहली बार अजीब सी खुशी और डर दोनों साथ महसूस हो रहे थे।

अगले दिन Sunday था।

College बंद था।

और शायद यही वजह थी कि दिन unusually खाली लग रहा था।

अम्बरीन सुबह जल्दी उठ गई। उसकी माँ kitchen में थीं और पूरा घर usual weekend वाली laziness में डूबा हुआ था।

"आज इतनी जल्दी?" उसकी माँ ने पूछा।

"नींद खुल गई।"

"तबीयत तो ठीक है?"

अम्बरीन हल्का सा मुस्कुराई। "हाँ अम्मी।"

लेकिन सच ये था कि उसे खुद समझ नहीं आ रहा था कि उसके अंदर इतना restlessness क्यों है।

उसने balcony में जाकर phone निकाला।

No messages.

उसने खुद को समझाया कि obviously वो हर वक्त available नहीं रहेगा।

लेकिन अगले ही second उसका दिल वही इंतज़ार करने लगा।

करीब ग्यारह बजे finally notification आया।

Bhardwaj:
"Alive?"

अम्बरीन चाहकर भी smile रोक नहीं पाई।

"Unfortunately."

"वाह. Sunday morning positivity."

"आप?"

"घर वालों ने सुबह से जीना मुश्किल किया हुआ है।"

"क्या हुआ?"

"Relatives आए हैं।"

"Then may God save you."

"Too late."

उसके बाद धीरे-धीरे chat लंबी होती गई। फिर अचानक उसने लिखा—

"वैसे बाहर चलोगी?"

अम्बरीन का दिल instantly तेज धड़कने लगा।

उसने message दोबारा पढ़ा।

फिर तीसरी बार।

"कहाँ?"

"Coffee. Normal लोग करते हैं शायद ये।"

उसने काफी देर तक कोई reply नहीं किया।

क्योंकि पहली बार वो दोनों अकेले बाहर मिलने वाले थे... बिना library, बिना college, बिना किसी excuse के।

और शायद इसी वजह से उसकी साँसें अचानक थोड़ी तेज हो गई थीं।

करीब एक minute बाद फिर message आया—

"अगर uncomfortable हो तो it's okay."

अम्बरीन ने खिड़की से बाहर देखा। मौसम फिर cloudy हो रहा था।

फिर उसने धीरे-धीरे reply किया—

"कब?"

अध्याय 22

पहली मुलाकात जो "date" नहीं थी

उसके "कब?" भेजने के बाद काफी देर तक कोई reply नहीं आया। अम्बरीन ने खुद को समझाया कि शायद वो busy होगा, लेकिन सच ये था कि अब हर दो मिनट बाद उसका ध्यान phone पर जा रहा था।

करीब पाँच मिनट बाद message आया—

"आज शाम?"

उसका दिल फिर तेज धड़का।

उसने screen lock की।
फिर दोबारा खोली।

“कहाँ मिलना है?”

“Model Town वाली café पता है?”

“हाँ।”

“5 बजे?”

उसने कुछ seconds तक सोचा।
फिर सिर्फ इतना लिखा—

“Okay.”

बस इतना।

लेकिन उस “Okay” के बाद पूरे दिन उसका mood normal नहीं रहा।

वो बार-बार wardrobe खोलती,
फिर बंद कर देती।
कौन सा suit पहने?
Normal लगे या ज्यादा effort?
अगर ज्यादा ready हुई तो obvious लगेगा?
अगर बिल्कुल simple गई तो weird लगेगा?

और यही चीज़ उसे खुद पर हँसने पर मजबूर कर रही थी।

“तुम seriously overthinking की दुकान हो।”

शाम होने तक मौसम फिर ठंडा हो गया था। बाहर बादल थे और हवा में बारिश की smell फैली हुई थी। अम्बरीन आखिरकार dark green suit पहनकर तैयार हुई। हल्का kajal, loose बाल और वही छोटी silver earrings जो वो अक्सर special mood में पहनती थी।

नीचे आते ही उसकी माँ ने तुरंत notice किया।

"कहीं जा रही हो?"

"हाँ... Simran के साथ।"

झूठ बोलते हुए उसे अजीब guilt हुआ। क्योंकि उसने कभी घर पर इस तरह कुछ छुपाया नहीं था।

"बारिश होने वाली है, जल्दी आ जाना," उसकी माँ ने कहा।

"हम्म।"

घर से बाहर निकलते वक्त उसका दिल अजीब तरह से restless था। जैसे वो किसी बहुत बड़ी चीज़ की तरफ जा रही हो। जबकि logically देखा जाए तो वो बस coffee के लिए जा रही थी।

लेकिन कुछ मुलाकातें simple नहीं होतीं।

Café पहुँचते-पहुँचते पाँच बजने वाले थे। बाहर हल्की बारिश शुरू हो चुकी थी और glass windows पर छोटी-छोटी बूंदें गिर रही थीं।

अम्बरीन अंदर गई।

और instantly उसकी नजर उसे ढूँढने लगी।

वो corner table पर बैठा था।

Black sweatshirt।
Watch की strap से खेलता हुआ।
और सामने untouched coffee।

जैसे वो काफी देर से wait कर रहा हो।

अम्बरीन को देखते ही वो हल्का सा सीधा बैठ गया।

और ना जाने क्यों...
उस moment में अम्बरीन की साँसें थोड़ी uneven हो गईं।

वो धीरे से उसके सामने जाकर बैठी।

"Hi."

"Hi."

कुछ seconds दोनों बस एक-दूसरे को देखते रहे। Library और chats के बाहर पहली बार ये सब अलग लग रहा था। ज्यादा real। ज्यादा dangerous।

"तुम time पर आ गई," भारद्वाज ने कहा।

"आप surprised लग रहे हो।"

"थोड़ा।"

"क्यों?"

"मुझे लगा तुम last moment पर cancel कर दोगी।"

अम्बरीन हल्का सा मुस्कुराई। "मैं इतनी difficult नहीं हूँ।"

"तुम्हें पता भी नहीं तुम कितनी difficult हो।"

उसने waiter को order दिया। फिर दोनों के बीच थोड़ी awkward silence आ गई।

लेकिन वो uncomfortable नहीं थी।

बस नई थी।

कुछ देर बाद भारद्वाज ने धीरे से पूछा—

"तुम nervous हो?"

"नहीं।"

"फिर इतनी slowly क्यों बोल रही हो?"

अम्बरीन चाहकर भी हँसी रोक नहीं पाई।

और शायद वही moment था जहाँ दोनों थोड़ा relax हुए।

बाहर बारिश अब तेज हो चुकी थी। Café में हल्की music चल रही थी और आसपास बैठे लोग अपनी-अपनी conversations में खोए हुए थे।

"वैसे..." भारद्वाज ने coffee stir करते हुए कहा, "तुम real life में chats से ज्यादा quiet हो।"

"और आप real life में ज्यादा dangerous हो।"

"Dangerous?"

"हाँ।
Chats में कम notice करते हो।"

वो हल्का सा हँसा। "गलत। मैं वहाँ भी notice करता हूँ, बस बोलता कम हूँ।"

उसका दिल फिर हल्का सा अटक गया।

कुछ seconds दोनों चुप रहे।

फिर अचानक भारद्वाज ने पूछा–

"तुम्हें कभी लगा था कि हम ऐसे मिलेंगे?"

अम्बरीन ने honestly सिर हिलाया। "नहीं।"

"मुझे भी नहीं।"

"फिर क्यों बुलाया?"

उसने उसकी तरफ देखा। काफी देर तक।

फिर बहुत धीरे से बोला—

"क्योंकि अब तुम्हें ना देखकर दिन अजीब लगने लगे हैं।"

उसके बाद कुछ seconds तक अम्बरीन कुछ बोल ही नहीं पाई।

उसने बस बाहर बारिश की तरफ देखना शुरू कर दिया।

क्योंकि अगर वो उसी वक्त उसकी आँखों में देखती...
तो शायद खुद को छुपा नहीं पाती।

अध्याय 23

अब हर बात दिल पर असर करने लगी थी

उसके बाद कुछ देर तक दोनों के बीच silence रहा। लेकिन वो uncomfortable silence नहीं था। बस ऐसा silence जिसमें दोनों अपने-अपने दिल की आवाज़ सुन रहे हों।

अम्बरीन बाहर गिरती बारिश को देख रही थी। Café की glass window पर लगातार बूंदें गिर रही थीं और उनकी आवाज़ strangely soothing लग रही थी। उसने coffee cup दोनों हाथों से पकड़ रखा था, लेकिन उसका ध्यान coffee पर बिल्कुल नहीं था।

उसके दिमाग में सिर्फ वही line घूम रही थी—

"अब तुम्हें ना देखकर दिन अजीब लगने लगे हैं।"

पहली बार किसी ने उसके लिए इतनी सीधी बात कही थी।

और problem ये थी...
उसे अच्छा लगा था।

Dangerously अच्छा।

“अब इतना भी मत सोचो,” भारद्वाज ने धीरे से कहा।

अम्बरीन ने उसकी तरफ देखा। “आपको कैसे पता मैं सोच रही हूँ?”

“तुम जब overthink करती हो ना, तब coffee stir करना बंद कर देती हो।”

उसने तुरंत नीचे देखा।

वो सच कह रहा था।

और यही चीज़ अब उसे डराने लगी थी। वो उसे बहुत जल्दी समझने लगा था।

“आप हर चीज़ इतनी ध्यान से क्यों देखते हो?” उसने धीरे से पूछा।

भारद्वाज कुछ seconds उसे देखता रहा। फिर हल्का सा मुस्कुराया।

“क्योंकि तुम्हें समझना आसान नहीं है।”

“तो कोशिश मत किया करो।”

“Late हो गया शायद।”

उसका दिल फिर हल्का सा धड़का।

बातों के बीच फिर silence आ गया। लेकिन अब दोनों उस silence से भाग नहीं रहे थे।

कुछ देर बाद waiter bill रख गया। भारद्वाज ने casually bill उठाया लेकिन अम्बरीन तुरंत बोली–

“Half मैं दूँगी।”

“Why?”

"Because मैं free की coffee पीने वालों में से नहीं हूँ।"

"और मैं हिसाब रखने वालों में से नहीं हूँ।"

"फिर भी।"

"अम्बरीन."

उसने पहली बार उसका नाम उस tone में लिया जिसमें हल्की firmness थी।

"Relax."

अम्बरीन quietly चुप हो गई। लेकिन अंदर ही अंदर उसे उसकी ये छोटी-छोटी care notice होने लगी थी।

बाहर निकलते वक्त बारिश और तेज हो चुकी थी।

Café के बाहर दोनों कुछ seconds खड़े रहे। सड़क पर lights पानी में टूटकर चमक रही थीं और हवा इतनी ठंडी थी कि अम्बरीन ने दुपट्टा थोड़ा और कसकर पकड़ लिया।

"मैं छोड़ देता हूँ," भारद्वाज ने कहा।

"हर बार drop करना जरूरी है क्या?"

"हर बार मना करना जरूरी है क्या?"

अम्बरीन हल्का सा मुस्कुराई। अब उनके बीच ये छोटी arguments almost routine बन चुकी थीं।

Bike पर बैठते वक्त उसे अचानक realize हुआ कि वो अब उसके साथ uncomfortable नहीं होती। पहले हर छोटी चीज़ conscious बना देती थी। अब उसकी presence strangely safe लगने लगी थी।

पूरे रास्ते दोनों ज्यादा नहीं बोले। लेकिन कई बार कुछ रिश्तों में silence भी conversation बन जाता है।

Signal पर bike रुकी तो भारद्वाज ने पीछे देखे बिना पूछा—

"तुम अभी भी डर रही हो?"

अम्बरीन कुछ seconds चुप रही। हवा उसके बालों को बार-बार चेहरे पर ला रही थी।

"हाँ।"

"मुझसे?"

"नहीं..."

"फिर?"

उसने बहुत धीरे से कहा—

"इस सब से।"

भारद्वाज ने तुरंत कोई जवाब नहीं दिया। शायद क्योंकि वो खुद भी वही feel कर रहा था।

घर के बाहर पहुँचकर अम्बरीन उतर गई। बारिश अब थोड़ी कम हो चुकी थी। उसने दुपट्टा ठीक किया और gate की तरफ बढ़ने लगी।

फिर पीछे से उसकी आवाज़ आई—

"अम्बरीन।"

वो मुड़ी।

कुछ seconds तक वो बस उसे देखता रहा। फिर बहुत धीरे से बोला—

"आज अच्छा लगा।"

उसका दिल अचानक बहुत हल्का हो गया।

उसने पहली बार बिना नजरें हटाए उसकी तरफ देखा और धीमे से कहा–

"मुझे भी।"

घर के अंदर आते ही उसकी माँ ने पूछा–

"इतनी बारिश में भी बाहर घूमना जरूरी था?"

"Simran ज़िद कर रही थी," अम्बरीन ने casually जवाब दिया।

लेकिन अपने कमरे में जाते ही वो सीधे खिड़की के पास जाकर खड़ी हो गई। नीचे सड़क पर अब भी हल्की बारिश हो रही थी।

उसने phone निकाला।

करीब तुरंत notification आया।

Bhardwaj:
"Reached?"

अम्बरीन चाहकर भी मुस्कुरा दी।

"हाँ।"

कुछ seconds बाद दूसरा message आया–

"वैसे green color अच्छा लगता है तुम पर।"

उसका दिल literally रुक सा गया।

उसने तुरंत खुद को mirror में देखा।

और ना जाने क्यों...
काफी समय बाद पहली बार उसे खुद को देखकर हल्की सी मुस्कान आई।

अध्याय 24

अब उसकी आवाज़ घर जैसी लगने लगी थी

उस रात अम्बरीन बहुत देर तक सो नहीं पाई। बाहर बारिश धीरे-धीरे रुक चुकी थी लेकिन उसकी आवाज़ अब भी उसके अंदर चल रही थी। उसने कई बार खुद को समझाया कि वो unnecessarily इतना feel कर रही है, लेकिन problem यही थी — अब feelings उसके control में नहीं रहीं थीं।

उसने phone उठाया।

Last message अब भी screen पर था—

"वैसे green color अच्छा लगता है तुम पर।"

उसने उस message को शायद दसवीं बार पढ़ा होगा। और हर बार उसके दिल में वही अजीब सी warmth उतर आती थी।

उसने reply type किया—

"आप हर चीज़ notice क्यों करते हो?"

Send.

करीब instantly reply आया—

"क्योंकि तुम्हें देखना अच्छा लगने लगा है।"

उसका दिल अचानक बहुत तेज धड़कने लगा।

उसने तुरंत phone lock कर दिया और bed पर रख दिया। लेकिन अगले ही second फिर उठा लिया।

वो line अब भी screen पर थी।

और शायद पहली बार उसे genuinely डर लगा कि वो इस इंसान में बहुत ज्यादा involve होती जा रही है।

उस रात दोनों की call फिर बहुत देर तक चली। लेकिन आज conversations अलग थीं। अब उनमें hesitation कम होने लगी थी। दोनों कई बार बिना topic के भी चुप रहते, और फिर अचानक कोई random बात शुरू हो जाती।

“तुम्हें पता है,” भारद्वाज ने धीरे से कहा, “पहले मुझे बारिश बस मौसम लगती थी।”

“अब?”

“अब कुछ लोग याद आते हैं।”

अम्बरीन काफी देर तक कुछ नहीं बोली।

क्योंकि वो समझ गई थी वो क्या कहना चाह रहा है।

और शायद यही चीज़ सबसे dangerous थी — अब दोनों बिना सीधे बोले भी एक-दूसरे को समझने लगे थे।

“आपको कभी लगता है हम बहुत जल्दी close हो गए?” उसने धीरे से पूछा।

“नहीं।”

“इतनी जल्दी answer?”

“हाँ। क्योंकि कुछ लोग time लेकर भी close नहीं लगते... और कुछ लोग शुरुआत से अपने लगने लगते हैं।”

उसने आँखें बंद कर लीं।

उसकी आवाज़ सुनना अब मुश्किल होता जा रहा था। क्योंकि हर बात दिल तक पहुँचने लगी थी।

अगले कुछ हफ्तों में उनकी जिंदगी पूरी तरह बदल गई। अब सुबह उठते ही सबसे पहले phone check करना habit बन चुकी थी। अगर reply late आए तो mood खराब हो जाता। अगर दिन में बात ना हो तो कुछ missing लगता।

और funny बात ये थी कि दोनों में से किसी ने अब तक officially कुछ कहा नहीं था।

लेकिन दोनों की पूरी दुनिया धीरे-धीरे एक-दूसरे के around घूमने लगी थी।

एक शाम library में दोनों साथ बैठे थे। बाहर मौसम बहुत ठंडा था और अंदर usual silence फैला हुआ था। अम्बरीन notes बना रही थी जबकि भारद्वाज apparently किताब पढ़ रहा था।

"Apparently" इसलिए क्योंकि वो पिछले पाँच मिनट से एक ही page पर था।

अम्बरीन ने बिना ऊपर देखे कहा–

"Page पलट लो. Fake reading obvious हो रही है।"

भारद्वाज हल्का सा हँसा। "तुम मुझे बहुत जल्दी पकड़ लेती हो।"

"आप बहुत obvious हो।"

"और तुम बहुत unaware हो।"

उसने finally किताब बंद कर दी और सीधे उसकी तरफ देखने लगा।

अम्बरीन का ध्यान instantly disturb हो गया।

"क्या?"

"कुछ नहीं।"

"फिर ऐसे क्यों देख रहे हो?"

"बस सोच रहा हूँ।"

"क्या?"

"कि तुम इतनी complicated क्यों हो।"

अम्बरीन हल्का सा मुस्कुराई। "और आप इतने calm क्यों हो?"

"मैं calm नहीं हूँ।"

"झूठ।"

"तुम्हारे सामने नहीं रहता शायद।"

उसका pen वहीं रुक गया।

कुछ seconds तक दोनों चुप रहे।

बाहर बारिश फिर शुरू हो चुकी थी और खिड़कियों पर गिरती बूंदों की आवाज़ पूरे library में फैल रही थी।

फिर अचानक भारद्वाज ने धीरे से पूछा—

"अगर मैं सच में चला गया... तो क्या तुम मुझे miss करोगी?"

अम्बरीन ने तुरंत उसकी तरफ देखा।

पहले वो ऐसे सवालों से बच जाती थी। लेकिन अब शायद दोनों उस stage पर पहुँच चुके थे जहाँ half-truths काम नहीं कर रहे थे।

उसने धीरे से कहा—

"हाँ।"

बस इतना।

लेकिन उस “हाँ” में जितनी honesty थी, वो दोनों महसूस कर रहे थे।

भारद्वाज काफी देर तक उसे देखता रहा। फिर बहुत हल्की smile उसके चेहरे पर आई। ऐसी smile जो खुशी से ज्यादा दर्द वाली लग रही थी।

“अब problem ये है,” उसने धीरे से कहा, “कि मैं भी करूँगा।”

और उसी पल पहली बार अम्बरीन को एहसास हुआ...

कि कुछ रिश्ते शुरू होने से पहले ही टूटने का डर देने लगते हैं।

अध्याय 25

अब मोहब्बत खामोशी में उतरने लगी थी

उस दिन के बाद दोनों के बीच कुछ बदल गया था। अब बातें पहले जैसी हल्की नहीं रहीं थीं। अब हर conversation के पीछे एक अजीब सी बेचैनी रहने लगी थी, जैसे दोनों जानते हों कि जो हो रहा है वो बहुत खूबसूरत भी है... और बहुत मुश्किल भी।

अम्बरीन अब खुद को कई बार बिना वजह मुस्कुराते पकड़ लेती थी। कभी किसी random message पर, कभी उसकी आवाज़ याद आने पर, और कभी सिर्फ इस बात पर कि कहीं ना कहीं इस वक्त वो भी शायद उसे सोच रहा होगा।

लेकिन उसी खुशी के साथ एक डर भी धीरे-धीरे बढ़ रहा था।

क्योंकि Chandigarh वाली बात अब मज़ाक नहीं लग रही थी।

एक शाम दोनों library की बजाय कॉलेज के पीछे वाले पुराने पार्क में बैठे थे। बारिश उस दिन नहीं हो रही थी लेकिन मौसम ठंडा था। पेड़ों से सूखे पत्ते गिर रहे थे और आसमान पर हल्के बादल फैले हुए थे।

वहाँ usually कम लोग आते थे, इसलिए दोनों को वो जगह अच्छी लगने लगी थी।

अम्बरीन bench के एक कोने पर बैठी थी और हाथों में coffee cup पकड़ा हुआ था। भारद्वाज उसके पास बैठा सामने ground की तरफ देख रहा था।

आज दोनों unusually quiet थे।

"तुम कुछ दिनों से बहुत सोच रही हो," उसने आखिर धीरे से कहा।

अम्बरीन हल्का सा मुस्कुराई। "आपको हर चीज़ कैसे पता चल जाती है?"

"क्योंकि अब तुम्हारी silence भी समझ आने लगी है।"

उसने नीचे देखते हुए cup घुमाना शुरू कर दिया।

"और अगर मैं कहूँ कि मुझे ये सब डराने लगा है?"

भारद्वाज ने उसकी तरफ देखा। उसकी आँखों में genuinely वही डर था जिससे वो खुद भी पिछले कई दिनों से लड़ रहा था।

"मुझे भी," उसने धीरे से कहा।

अम्बरीन पहली बार उसकी तरफ पूरी तरह मुड़ी। "फिर हम ये सब कर क्यों रहे हैं?"

कुछ seconds तक वो चुप रहा। हवा हल्की ठंडी थी और आसपास पत्तों की आवाज़ लगातार आ रही थी।

फिर उसने बहुत धीरे से कहा–

"क्योंकि शायद कुछ चीज़ें रोकना हमारे हाथ में नहीं होता।"

उसका दिल अचानक बहुत heavy हो गया।

वो उससे दूर होना चाहती थी...
लेकिन उससे दूर होने का ख्याल ही उसे बेचैन कर देता था।

और शायद यही मोहब्बत की सबसे painful शुरुआत होती है।

"Dad अगले महीने Chandigarh जा रहे हैं final बात करने," भारद्वाज ने धीरे से कहा।

उसने कुछ नहीं पूछा।

बस उसकी उँगलियाँ coffee cup पर और कस गईं।

"और अगर उन्होंने decide कर लिया... तो शायद मुझे shift होना पड़े।"

अम्बरीन ने तुरंत नजरें दूसरी तरफ कर लीं। उसे महसूस हुआ जैसे किसी ने उसके अंदर धीरे से कुछ तोड़ दिया हो।

"तुम okay हो?" उसने पूछा।

वो हल्का सा हँसी लेकिन उसकी आँखों में नमी उतर आई थी। "आपको सच में लगता है मैं okay लग रही हूँ?"

भारद्वाज कुछ seconds उसे देखता रहा। फिर पहली बार उसने धीरे से उसका हाथ पकड़ लिया।

बस softly।

जैसे पूछ रहा हो—
"क्या मैं तुम्हारे पास रह सकता हूँ?"

अम्बरीन की साँसें अचानक uneven हो गईं।

उसने हाथ नहीं हटाया।

क्योंकि शायद अब दोनों थक चुके थे pretend करते-करते।

कुछ देर दोनों वैसे ही बैठे रहे। बिना बोले। बिना किसी बड़े confession के।

लेकिन कभी-कभी एक हाथ पकड़ लेना भी "I love you" से ज्यादा honest होता है।

"अम्बरीन..."

उसने धीरे से उसका नाम लिया।

"Hmm?"

"अगर चीज़ें आसान होतीं ना..."

वो रुक गया।

"तो?"

उसने उसकी तरफ देखा। काफी देर तक।

फिर बहुत धीरे से कहा—

"तो शायद मैं तुम्हें कभी जाने नहीं देता।"

उसकी आँखें तुरंत भर आईं।

और उसने उसी पल realize किया—
वो उससे मोहब्बत करने लगी है।

पूरी तरह।

खामोशी से।
डर के साथ।
बिना किसी वादे के।

और शायद सबसे ज्यादा दर्द वही मोहब्बत देती है... जिसका भविष्य शुरू से ही धुंधला दिखाई दे।

अध्याय 26

अब डर सच लगने लगा था

उस दिन के बाद अम्बरीन खुद को पहले जैसा महसूस नहीं कर पा रही थी। अब हर चीज़ बदल चुकी थी। पहले वो उससे बात करके खुश हो जाती थी, अब उसकी आवाज़ सुनते ही दिल में साथ-साथ सुकून और डर दोनों उतर आते थे।

क्योंकि अब वो सिर्फ important नहीं रहा था।

अब वो जरूरी होने लगा था।

और यही चीज़ सबसे ज्यादा dangerous थी।

अगले कुछ दिनों तक दोनों almost हर शाम साथ रहे। कभी library, कभी वही park, कभी long walks जहाँ बातें कम होतीं और silence ज्यादा। लेकिन उस silence में भी एक रिश्ता था। ऐसा रिश्ता जिसे दोनों feel कर रहे थे... लेकिन नाम अब भी किसी ने नहीं दिया था।

एक शाम मौसम बहुत ठंडा था। जालंधर में दिसंबर धीरे-धीरे उतरने लगा था। सड़क पर धुंध सी फैली हुई थी और लोग जल्दी-जल्दी घर लौट रहे थे।

अम्बरीन library के बाहर खड़ी उसका wait कर रही थी। उसने black shawl अपने आसपास कसकर लपेट रखी थी और हाथ ठंड से हल्के सुन्न हो रहे थे।

करीब दस मिनट बाद भारद्वाज आया।

लेकिन आज उसे देखते ही अम्बरीन समझ गई कि कुछ ठीक नहीं है।

उसकी आँखों में वही calmness थी...
लेकिन उसके नीचे थकान और बेचैनी दोनों साफ दिख रहे थे।

"क्या हुआ?" उसने तुरंत पूछा।

"कुछ नहीं।"

"झूठ।"

वो हल्का सा मुस्कुराया। "अब तुम भी यही बोलने लगी हो।"

लेकिन इस बार अम्बरीन हँसी नहीं।

"बताओ।"

कुछ seconds वो चुप रहा। फिर धीरे से बोला—

"Dad ने Chandigarh वाला flat final कर दिया।"

उस एक sentence के बाद जैसे आसपास की सारी आवाज़ें धीरे हो गईं।

अम्बरीन कुछ seconds बिल्कुल चुप खड़ी रही।

उसे पता था ये दिन आएगा।
फिर भी जब सच सामने आया... तो दर्द अलग था।

"कब?" उसकी आवाज़ बहुत धीमी थी।

"शायद अगले महीने।"

उसने तुरंत नजरें दूसरी तरफ कर लीं।

क्योंकि उसकी आँखें भरने लगी थीं।

भारद्वाज उसे देखता रहा। शायद पहली बार वो खुद भी उतना strong नहीं रह पा रहा था जितना हमेशा दिखता था।

"अम्बरीन..."

उसने धीरे से उसका नाम लिया।

"Please मेरी तरफ देखो।"

उसने बहुत मुश्किल से नजर उठाई।

और उसी पल भारद्वाज का दिल अजीब तरह से टूट गया।

क्योंकि पहली बार उसने उसकी आँखों में वो दर्द देखा जो शायद वो खुद उसे दे रहा था।

"मुझे मत देखो ऐसे," वो धीरे से बोला।

"तो कैसे देखूँ?"

उसके मुँह से बिना सोचे निकल गया।

दोनों चुप हो गए।

ठंडी हवा लगातार चल रही थी। आसपास लोग आ-जा रहे थे लेकिन उस moment में दोनों को कुछ सुनाई नहीं दे रहा था।

फिर अम्बरीन बहुत धीरे से बोली–

"आपको पता है सबसे बुरी बात क्या है?"

"क्या?"

"मैंने कभी सोचा ही नहीं था कि कोई इंसान मेरी आदत बन सकता है।"

भारद्वाज ने आँखें बंद कर लीं।

उसने शायद खुद को बहुत दिनों से यही बात admit नहीं करने दी थी।

लेकिन अब देर हो चुकी थी।

"तुम सिर्फ आदत नहीं हो," उसने धीरे से कहा।

अम्बरीन का दिल फिर भारी हो गया।

"फिर क्या हूँ?"

उसने उसकी तरफ देखा। काफी देर तक।

जैसे बहुत कुछ कहना चाहता हो...
लेकिन सही words ना मिल रहे हों।

फिर आखिर बहुत धीमी आवाज़ में बोला—

"घर जैसी।"

उसकी आँखों से तुरंत आँसू निकल गए।

उसने तुरंत नजरें झुका लीं क्योंकि वो उसके सामने रोना नहीं चाहती थी।
लेकिन शायद अब खुद को छुपाना मुश्किल होता जा रहा था।

भारद्वाज ने धीरे से उसका हाथ पकड़ लिया।

"Hey..."

अम्बरीन ने सिर हिलाया। "I'm okay."

"नहीं हो।"

उसकी आवाज़ भी अब हल्की टूटने लगी थी।

कुछ देर दोनों वैसे ही खड़े रहे।

फिर अचानक अम्बरीन हल्का सा हँसी, लेकिन उस हँसी में दर्द था।

"Funny thing पता है क्या?"

"क्या?"

"हमने अभी तक officially कुछ start भी नहीं किया...
और मुझे पहले से ending का डर लगने लगा है।"

उसके बाद भारद्वाज काफी देर तक कुछ नहीं बोल पाया।

क्योंकि शायद पहली बार उसने भी यही महसूस किया था—

कुछ मोहब्बतें शुरू होने से पहले ही अधूरी लिख दी जाती हैं।

अध्याय 27

अब हर मुलाकात आख़िरी जैसी लगने लगी थी

उस रात के बाद दोनों के बीच कुछ बदल गया था। अब conversations में पहले जैसी हल्की teasing कम होने लगी थी। अब दोनों कई बार बात करते-करते अचानक चुप हो जाते, जैसे दोनों के दिमाग में एक ही बात चल रही हो—time कम है।

और शायद यही चीज़ सबसे ज्यादा painful थी।

अम्बरीन अब हर छोटी चीज़ notice करने लगी थी। भारद्वाज की आवाज़ का बदलना। उसकी आँखों की थकान। उसका अचानक कहीं खो जाना। पहले वो इन चीज़ों को casually लेती थी। अब हर चीज़ दिल पर असर करने लगी थी।

एक शाम दोनों उसी पुराने park में बैठे थे जहाँ अब वो अक्सर मिलने लगे थे। मौसम बहुत ठंडा था। पेड़ों के पत्ते सूख चुके थे और हवा में जनवरी की शुरुआत वाली ठिठुरन उतर आई थी।

अम्बरीन shawl में खुद को लपेटे bench पर बैठी थी। भारद्वाज उसके पास था लेकिन आज दोनों unusually quiet थे।

“तुम कुछ बोल क्यों नहीं रहे?” अम्बरीन ने आखिर धीरे से पूछा।

भारद्वाज हल्का सा मुस्कुराया। “तुम्हें notice करने की आदत हो गई है मेरी silence की।”

“क्योंकि आपकी silence पहले जैसी नहीं रही।”

उसने उसकी तरफ देखा। कुछ seconds तक बस देखता रहा।

फिर बहुत धीरे से बोला–

“मैं कोशिश कर रहा हूँ कि चीज़ें मुश्किल ना हों।”

अम्बरीन का दिल अचानक heavy हो गया।

“Late हो गया शायद।”

उसने वही word इस्तेमाल किया था जो हमेशा अम्बरीन करती थी।

और शायद पहली बार वो word इतना उदास लगा।

कुछ देर तक दोनों सामने ground की तरफ देखते रहे। दूर कुछ बच्चे cricket खेल रहे थे। आसपास normal जिंदगी चल रही थी... और यही चीज़ कई बार सबसे ज्यादा hurt करती है। दुनिया वैसे ही चलती रहती है, चाहे किसी के अंदर कितना भी कुछ टूट रहा हो।

“तुमने कभी सोचा था ऐसा कुछ होगा?” भारद्वाज ने अचानक पूछा।

“क्या?”

“कि कोई इंसान इतना important हो जाएगा।”

अम्बरीन हल्का सा हँसी, लेकिन उसकी आँखों में वही sadness थी। “मैं तो लोगों को अपने करीब आने ही नहीं देती थी।”

“फिर मुझे क्यों आने दिया?”

उसने तुरंत जवाब नहीं दिया।

क्योंकि सच ये था–
उसे खुद नहीं पता था।

शायद उसकी आवाज़ की वजह से।
शायद उसकी patience की वजह से।

शायद इसलिए क्योंकि पहली बार किसी ने उसकी खामोशी को भी seriously लिया था।

"आप अलग थे," उसने आखिर धीरे से कहा।

"Good अलग... या dangerous अलग?"

इस बार अम्बरीन सच में मुस्कुरा दी। "दोनों।"

हवा और ठंडी हो चुकी थी। अम्बरीन के हाथ बर्फ जैसे ठंडे हो रहे थे। भारद्वाज ने बिना कुछ कहे धीरे से उसका हाथ अपने हाथों में ले लिया।

अब ये सब नया नहीं रहा था।
लेकिन असर अब भी वैसा ही था।

कुछ seconds दोनों चुप रहे।

फिर भारद्वाज ने बहुत धीरे से कहा—

"मैं नहीं चाहता तुम्हें hurt करूँ।"

उसका दिल अचानक बहुत जोर से धड़का।

"तो मत करो।"

"शायद मेरे हाथ में नहीं है।"

उसकी आवाज़ में पहली बार helplessness थी।

अम्बरीन ने उसकी तरफ देखा। उसे पहली बार realize हुआ कि वो अकेली नहीं है जो डर रही है। भारद्वाज भी उतना ही टूट रहा था... बस वो छुपाने में बेहतर था।

"अगर मैं selfish हो जाऊँ तो?" उसने अचानक पूछा।

"मतलब?"

“मतलब अगर मैं चाहूँ कि तुम मत जाओ।”

भारद्वाज कुछ seconds उसे देखता रहा। फिर बहुत हल्की, टूटी हुई smile उसके चेहरे पर आई।

“तब शायद मैं और मुश्किल में पड़ जाऊँगा।”

“क्यों?”

“क्योंकि जाने का reason practical है... और रुकने का reason तुम।”

उसके बाद अम्बरीन काफी देर तक कुछ नहीं बोल पाई।

उसकी आँखें भरने लगी थीं लेकिन वो रोना नहीं चाहती थी। उसे हमेशा से अपने emotions छुपाने की आदत थी। लेकिन अब भारद्वाज के सामने वो आदत कमजोर पड़ने लगी थी।

“अम्बरीन...”

उसने धीरे से उसका नाम लिया।

“Hmm?”

“Promise करो एक बात।”

“क्या?”

“अगर मैं चला भी गया ना... तो खुद को मुझसे completely दूर मत कर लेना।”

उसका दिल literally टूट सा गया।

“और अगर ना कर पाई तो?”

भारद्वाज ने तुरंत जवाब नहीं दिया।

क्योंकि शायद उसके पास भी उस सवाल का answer नहीं था।

रात काफी हो चुकी थी। पार्क लगभग खाली हो गया था। दूर street lights की हल्की पीली रोशनी ज़मीन पर फैल रही थी और हवा अब और ज्यादा ठंडी लगने लगी थी।

अम्बरीन धीरे से उठी।

"घर जाना चाहिए।"

भारद्वाज भी उठ गया। दोनों धीरे-धीरे सड़क की तरफ चलने लगे।

चलते-चलते अचानक अम्बरीन रुक गई।

"क्या हुआ?" उसने पूछा।

वो कुछ seconds उसे देखती रही। फिर बहुत धीरे से बोली—

"मुझे डर लग रहा है।"

"मुझसे?"

उसने सिर हिलाया।

"फिर?"

उसकी आवाज़ हल्की काँप गई।

"इस बात से... कि अगर आप चले गए ना... तो शायद मैं पहले जैसी नहीं रहूँगी।"

उसके बाद भारद्वाज कुछ बोल नहीं पाया।

क्योंकि शायद वही बात उसे भी हर रात सोने नहीं दे रही थी।

अध्याय 28

अब बातें कम और एहसास ज़्यादा होने लगे थे

उस रात के बाद दोनों के बीच एक अजीब सी softness आ गई थी। पहले conversations हल्की होती थीं, अब उनमें रुकावटें आने लगी थीं। पहले दोनों बिना सोचे बोल देते थे, अब हर बात दिल से होकर गुजरती थी।

और शायद यही मोहब्बत का सबसे dangerous phase होता है—
जब इंसान सामने वाले को खोने से पहले ही miss करने लगता है।

अगले कुछ दिनों तक जालंधर में लगातार धुंध छाई रही। सुबहें बहुत ठंडी हो गई थीं। कॉलेज जाते वक्त सड़कें आधी गायब सी लगतीं, लोग jackets में खुद को लपेटे जल्दी-जल्दी निकलते और हर चाय की दुकान से भाप उठती रहती।

अम्बरीन अब पहले से ज्यादा quiet रहने लगी थी। Simran कई बार notice कर चुकी थी।

"तू ठीक है ना?" उसने एक दिन class में पूछा।

"हाँ।"

"देख, ये 'हाँ' वाला face नहीं है।"

अम्बरीन बस हल्का सा मुस्कुरा दी।

वो किसी को explain नहीं कर सकती थी कि उसके अंदर क्या चल रहा है। क्योंकि खुद उसे भी नहीं पता था कि ये खुशी ज्यादा थी या डर।

उस दिन भारद्वाज class में late आया। लेकिन आते ही उसकी नजर automatically अम्बरीन पर गई। अब ये चीज़ दोनों notice करना छोड़ चुके थे, क्योंकि ये almost habit बन चुकी थी।

Lecture के बीच अचानक अम्बरीन के phone पर message आया।

Bhardwaj:
"आज फिर सोई नहीं थी?"

उसने instantly पीछे देखा।

वो बिल्कुल normal face बनाकर board देख रहा था।

अम्बरीन ने reply किया—

"आपको कैसे पता?"

"Eyes."

उसने तुरंत phone नीचे रख दिया।

क्योंकि यही चीज़ अब उसे कमजोर करने लगी थी—
वो उसे बिना बोले समझने लगा था।

Lecture खत्म होने के बाद दोनों library चले गए। बाहर मौसम बहुत ठंडा था। अंदर हल्की warm lights जल रही थीं और खिड़कियों पर धुंध जमने लगी थी।

आज library surprisingly खाली थी।

अम्बरीन window वाली seat पर बैठी थी। उसके हाथ ठंड से हल्के लाल हो रहे थे। भारद्वाज सामने बैठा था लेकिन आज वो भी unusually quiet था।

कुछ देर बाद अम्बरीन ने धीरे से पूछा—

"आप इतने चुप क्यों हो आज?"

उसने किताब बंद की लेकिन जवाब तुरंत नहीं दिया।

फिर हल्का सा मुस्कुराया।

"तुम्हें मेरी हर चीज़ notice हो जाती है ना?"

"Answer avoid मत करो।"

इस बार वो सच में हँसा नहीं।

उसने कुछ seconds उसे देखा, फिर धीरे से बोला—

"कल Chandigarh जा रहा हूँ।"

उसका दिल literally रुक गया।

"क्या?"

"Dad के साथ। Flat और बाकी चीज़ें देखने।"

अम्बरीन की उँगलियाँ धीरे से coffee cup पर कस गईं।

"कितने दिन के लिए?"

"दो... शायद तीन।"

बस तीन दिन।

इतनी छोटी बात थी।

लेकिन ना जाने क्यों उसे लगा जैसे कोई उससे बहुत दूर जा रहा हो।

उसने तुरंत नजरें नीचे कर लीं।

भारद्वाज उसे देखता रहा।

"तुम फिर वही कर रही हो।"

"क्या?"

"अपनी feelings hide."

अम्बरीन हल्का सा हँसी लेकिन उसकी आवाज़ भारी थी।

“हर चीज़ बोलना जरूरी नहीं होता।”

“कुछ चीज़ें होती हैं।”

कुछ seconds दोनों चुप रहे।

बाहर हल्की बारिश फिर शुरू हो चुकी थी। बूंदें धीरे-धीरे शीशों से टकरा रही थीं और library में वही familiar sadness उतर आई थी।

फिर अचानक भारद्वाज ने धीरे से पूछा—

“Miss करोगी?”

उसका दिल बहुत जोर से धड़का।

पहले वो ऐसे सवालों से बच जाती थी।

अब शायद थक गई थी बचते-बचते।

उसने धीरे से सिर हिलाया।

“हाँ।”

उसके बाद भारद्वाज काफी देर तक कुछ नहीं बोला।

वो बस उसे देखता रहा।

ऐसे...
जैसे उस एक जवाब ने उसे अंदर तक छू लिया हो।

फिर उसने बहुत धीरे से कहा—

“तुम्हें पता है सबसे खराब चीज़ क्या है?”

“क्या?”

“मैं अब हर जगह तुम्हें imagine करने लगा हूँ।”

अम्बरीन की आँखें धीरे-धीरे भरने लगीं।

"मत किया करो।"

"Control नहीं होता।"

उसकी आवाज़ टूटने लगी थी।

और शायद पहली बार दोनों openly महसूस कर रहे थे कि ये रिश्ता अब सिर्फ emotional comfort नहीं रहा...

ये मोहब्बत बन चुका था।

धीरे-धीरे।
खामोशी से।
बिना किसी announcement के।

अध्याय 29

दूरी कभी किलोमीटर से शुरू नहीं होती

अगले दिन सुबह से ही अम्बरीन का mood अजीब था। बाहर घनी धुंध छाई हुई थी और जालंधर की सड़कें आधी गायब लग रही थीं। उसने कई बार खुद को normal behave करने के लिए force किया, लेकिन problem यही थी — अब उसकी पूरी routine कहीं ना कहीं भारद्वाज से जुड़ चुकी थी।

और आज पहली बार उसे महसूस हो रहा था कि distance सिर्फ जाने से नहीं शुरू होती...
उसके ख्याल से शुरू हो जाती है।

उसने सुबह phone उठाया।

No messages.

फिर अचानक खुद पर irritate हुई।

“वो travel कर रहा होगा obviously.”

लेकिन दिल practical बातें सुनता कहाँ है।

करीब दस बजे notification आया।

Bhardwaj:
“निकले.”

बस एक word।

लेकिन उस एक word ने उसका पूरा mood बदल दिया।

उसने तुरंत reply किया—

“Reached बताना.”

“जी.”

अम्बरीन हल्का सा मुस्कुराई।

“Drama.”

“तुमसे सीखा है.”

उसके बाद पूरा दिन strangely slow लगा। कॉलेज में lectures चल रहे थे लेकिन उसका ध्यान बार-बार phone पर जा रहा था। Simran लगातार उसे observe कर रही थी।

“अब बता भी दे.”

“क्या?”

“जिस वजह से तू पिछले दो महीने से mentally absent है.”

अम्बरीन तुरंत दूसरी तरफ देखने लगी।

"कुछ भी नहीं है."

"अच्छा? फिर phone हर पाँच minute में क्यों check कर रही है?"

उसके पास जवाब नहीं था।

क्योंकि सच ये था—
अब उसे खुद से भी बातें छुपाना मुश्किल होने लगा था।

शाम तक Chandigarh पहुँचकर भारद्वाज ने message किया।

"यहाँ बहुत ठंड है."

"यहाँ भी."

"झूठ.
तुम्हारे city में बस बारिश और emotions ज़्यादा हैं."

उसने चाहकर भी smile रोक नहीं पाई।

फिर कुछ seconds बाद दूसरा message आया—

"वैसे... यहाँ सब नया लग रहा है."

उसका दिल हल्का सा बैठ गया।

"अच्छा?"

"Hmm.
Roads.
People.
Everything."

कुछ देर तक अम्बरीन screen देखती रही।

फिर धीरे से पूछा—

“और अच्छा लग रहा है?”

Reply आने में थोड़ा वक्त लगा।

“पता नहीं.”

वही word।

शायद पहली बार भारद्वाज ने उसकी तरह जवाब दिया था।

उस रात दोनों की call हुई, लेकिन आज आवाज़ों के बीच अजीब सी दूरी थी। ना कोई लड़ाई, ना awkwardness... फिर भी कुछ missing था।

“तुम quiet हो,” भारद्वाज ने धीरे से कहा।

“आप भी.”

“Miss कर रही हो?”

अम्बरीन balcony में खड़ी नीचे सड़क देख रही थी। जालंधर की ठंडी हवा उसके चेहरे से टकरा रही थी।

उसने कुछ seconds बाद बहुत धीरे से कहा—

“हाँ.”

इस बार भारद्वाज तुरंत नहीं बोला।

फिर उसकी धीमी आवाज़ आई—

“Same.”

उसके बाद दोनों काफी देर तक बिना किसी topic के बात करते रहे। लेकिन आज पहली बार अम्बरीन को उसकी आवाज़ सुनकर सुकून से ज्यादा दर्द हुआ।

क्योंकि अब हर बात उसे ये याद दिला रही थी–
ये सब permanent नहीं है।

Call कटने के बाद वो काफी देर तक जागती रही। उसने diary खोली।

कुछ देर तक blank page देखती रही।

फिर लिखा–

"कुछ लोग दूर जाकर भी दूर नहीं होते...
और कुछ लोग पास रहकर भी हमेशा खोने का डर देते रहते हैं..."

उसने pen नीचे रख दिया।

फिर उसी नीचे धीरे से लिखा–

"शायद मोहब्बत यही होती है..."

अध्याय 30

कुछ शहर इंसान से ज्यादा याद आने लगते हैं

Chandigarh गए हुए भारद्वाज को दूसरा दिन था, लेकिन अम्बरीन को लग रहा था जैसे बहुत समय बीत गया हो। अजीब बात ये थी कि वो दोनों लगातार बात कर रहे थे, फिर भी उसके अंदर एक खालीपन बना हुआ था।

शायद क्योंकि अब उसे उसकी presence की आदत हो चुकी थी।

उसकी आवाज़, उसका अचानक सामने आ जाना, library में opposite seat पर बैठना, coffee cups... ये सब अब उसकी रोज़मर्रा की जिंदगी का हिस्सा बन चुका था। और अब पहली बार उसे समझ आ रहा था कि इंसान की आदत लगना कितना dangerous होता है।

उस सुबह जालंधर में बहुत तेज बारिश हो रही थी। आसमान पूरा grey था और खिड़कियों पर लगातार बूंदें गिर रही थीं। अम्बरीन अपने कमरे में blanket ओढ़े बैठी थी लेकिन उसका ध्यान किताब पर बिल्कुल नहीं था।

Phone vibrate हुआ।

Bhardwaj:
"उठ गई?"

उसने तुरंत reply किया—

"हम्म."

"बस hmm?"

"नींद आ रही है."

"झूठ.
तुम सोच रही हो."

उसने screen को कुछ seconds तक देखा।

फिर हल्का सा मुस्कुराई।

अब उसे ये बात irritating कम और comforting ज्यादा लगने लगी थी कि वो उसे इतना समझने लगा है।

"आप क्या कर रहे हो?"

"Dad के साथ flats देख रहा हूँ."

उसका दिल फिर हल्का सा भारी हो गया।

"कैसे हैं?"

"अच्छे हैं."

“तो फिर problem क्या है?”

Reply आने में थोड़ा वक्त लगा।

फिर उसका message आया—

“Problem जगह नहीं है.”

अम्बरीन कुछ seconds तक बिल्कुल still बैठी रही।

उसने आगे कुछ नहीं पूछा।

क्योंकि शायद दोनों answer जानते थे।

दोपहर तक उनकी छोटी-छोटी बातें चलती रहीं। भारद्वाज कभी roads की photo भेजता, कभी किसी café की, कभी randomly complain करता कि Chandigarh के लोग unnecessarily fast चलते हैं।

और हर बार अम्बरीन unknowingly compare करने लगती।

“जालंधर better है.”

“Obviously.”

“क्यों?”

“क्योंकि तुम वहाँ हो.”

उसका दिल फिर बहुत तेज धड़का।

अब वो ऐसी बातें casually बोलने लगा था...
और यही चीज़ उसे और कमजोर कर रही थी।

शाम को अचानक उसकी call आ गई।

अम्बरीन balcony में चली गई ताकि घर में कोई आवाज़ ना सुने।

"Hello..."

"तुम रोई थी?"

उसने तुरंत आँखें बंद कर लीं।

"नहीं."

"अम्बरीन."

उसकी आवाज़ बहुत धीमी थी।

"मैं सच में नहीं रोई."

"फिर आवाज़ ऐसी क्यों लग रही है?"

उसने जवाब नहीं दिया।

क्योंकि सच ये था—
वो पूरे दिन emotionally exhausted रही थी।

बारिश लगातार हो रही थी। नीचे सड़क पर पानी भर चुका था और दूर कहीं thunder की आवाज़ आई।

कुछ seconds दोनों चुप रहे।

फिर भारद्वाज ने धीरे से कहा—

"मैं वापस आ जाऊँ?"

उसका दिल literally रुक गया।

"क्या?"

"बस ऐसे ही... वापस."

अम्बरीन की आँखें धीरे-धीरे भरने लगीं।

“ऐसा मत बोलो.”

“क्यों?”

“क्योंकि फिर मुझे सच में उम्मीद होने लगेगी.”

दूसरी तरफ कुछ seconds silence रहा।

फिर उसकी टूटी हुई आवाज़ आई–

“मुझे खुद नहीं समझ आ रहा मैं क्या करूँ.”

पहली बार भारद्वाज इतना helpless लगा था।

और वही चीज़ अम्बरीन को अंदर तक तोड़ गई।

“आप जाओगे ना...” उसने बहुत धीरे से पूछा।

उसने तुरंत जवाब नहीं दिया।

काफी देर बाद सिर्फ इतना बोला–

“शायद.”

वो वही word था...
जिस पर वो हमेशा उसे tease करता था।

लेकिन आज वही word दोनों के बीच सबसे ज्यादा दर्द छोड़ गया।

उस रात call खत्म होने के बाद अम्बरीन काफी देर तक balcony में खड़ी रही। बारिश उसके हाथों पर गिरती रही लेकिन उसने खुद को हटाया नहीं।

क्योंकि अब उसे समझ आने लगा था–

कुछ लोग हमारी जिंदगी में देर से आते हैं...
लेकिन चले जाने का डर बहुत जल्दी दे जाते हैं।

अध्याय 31

वापसी कभी पहले जैसी नहीं होती

तीसरे दिन शाम को भारद्वाज वापस जालंधर आ गया।

लेकिन अजीब बात ये थी कि सिर्फ तीन दिन की दूरी ने दोनों के बीच बहुत कुछ बदल दिया था। अब उन्हें openly एहसास होने लगा था कि वो एक-दूसरे के बिना normal नहीं रह पा रहे।

अम्बरीन पूरे दिन strangely restless थी। उसने खुद को busy रखने की कोशिश की। Notes बनाए, diary लिखने की कोशिश की, Simran से बात की... लेकिन हर कुछ देर बाद उसका ध्यान phone पर चला जाता।

करीब पाँच बजे message आया—

"Reached."

बस एक word।

लेकिन उसके दिल को जैसे तुरंत सुकून मिल गया।

उसने बिना सोचे reply किया—

"Library?"

Reply instantly आया—

"Already यहाँ हूँ."

उसका दिल हल्का सा मुस्कुराया।

बाहर मौसम बहुत ठंडा था। हल्की बारिश हो रही थी और सड़कें धुंध से ढकी हुई थीं। अम्बरीन जल्दी-जल्दी library पहुँची। अंदर usual warm lights जल रही थीं और वही familiar silence फैला हुआ था।

उसकी नजर automatically window वाली seat पर गई।

वो वहीं था।

Black sweater।
हल्के messy बाल।
और सामने untouched coffee।

जैसे पिछले तीन दिनों से वो भी ठीक से normal नहीं रहा हो।

अम्बरीन धीरे से उसके सामने जाकर बैठ गई।

कुछ seconds दोनों सिर्फ एक-दूसरे को देखते रहे।

फिर भारद्वाज हल्का सा मुस्कुराया—

"तुम्हें देखकर लग रहा है मैं सच में वापस आ गया।"

अम्बरीन ने नजरें नीचे कर लीं क्योंकि उसकी आँखें अचानक भरने लगी थीं।

"इतने emotional मत हुआ करो," उसने धीरे से कहा।

"तुम्हारे सामने control कम हो जाता है।"

उसका दिल फिर हल्का सा काँप गया।

कुछ seconds तक दोनों चुप रहे। लेकिन आज वो silence अलग था। अब उसमें दूरी के बाद मिलने वाला सुकून था।

"कैसा था Chandigarh?" अम्बरीन ने आखिर पूछा।

भारद्वाज कुछ seconds तक खिड़की के बाहर बारिश देखता रहा।

फिर धीरे से बोला—

"अच्छा शहर है."

“फिर problem क्या है?”

उसने उसकी तरफ देखा।

“तुम नहीं हो वहाँ.”

उसकी साँसें अचानक uneven हो गईं।

पहले वो ऐसी बातों से बचने की कोशिश करती थी। अब शायद थक चुकी थी।

“आप हर बार ऐसी बातें क्यों बोल देते हो...” उसने बहुत धीरे से कहा।

“क्योंकि अब छुप नहीं रहा.”

उसके बाद दोनों काफी देर तक कुछ नहीं बोले।

Library में कुछ लोग बैठे थे, pages पलटने की हल्की आवाज़ आ रही थी, बाहर बारिश लगातार शीशों से टकरा रही थी... लेकिन उन दोनों के बीच जैसे अपनी ही दुनिया थी।

फिर अचानक भारद्वाज ने धीरे से पूछा—

“तुमने मुझे miss किया?”

अम्बरीन हल्का सा हँसी।

“आपको seriously answer चाहिए?”

“हाँ.”

उसने पहली बार बिना नजरें हटाए उसकी तरफ देखा।

“बहुत.”

उस एक word के बाद भारद्वाज की आँखों में जो softness आई... उसने अम्बरीन का दिल और मुश्किल में डाल दिया।

वो धीरे से chair से पीछे टिक गया और कुछ seconds तक बस उसे देखता रहा।

"अब problem ये है," उसने धीरे से कहा, "कि मैं तुम्हारे बिना future imagine करने की कोशिश करता हूँ... और हर बार fail हो जाता हूँ।"

अम्बरीन की उँगलियाँ धीरे से काँप गईं।

उसने तुरंत coffee cup पकड़ लिया ताकि वो notice ना करे।

लेकिन वो कर चुका था।

"तुम रो दोगी अभी," उसने बहुत softly कहा।

अम्बरीन ने हल्का सा सिर हिलाया।

"नहीं."

"झूठ."

इस बार वो हँसी नहीं।

क्योंकि सच में उसकी आँखें भर चुकी थीं।

"अम्बरीन..."

उसने धीरे से उसका हाथ पकड़ लिया।

"Look at me."

उसने बहुत मुश्किल से नजर उठाई।

और शायद उसी पल दोनों को पूरी तरह एहसास हो गया कि अब वो उस जगह पहुँच चुके हैं जहाँ वापस जाना possible नहीं होता।

ना friendship में।
ना normal जिंदगी में।

अब जो था...
वो मोहब्बत थी।

धीमी।
खामोश।
डर से भरी हुई।

लेकिन पूरी तरह सच्ची।

अध्याय 32

अब नाम देने से डर लगने लगा था

उस दिन के बाद दोनों के बीच कुछ भी अनकहा नहीं बचा था... फिर भी दोनों बहुत कुछ बोलने से डर रहे थे।

अब उनकी conversations में वो हल्की awkwardness नहीं रही थी जो शुरुआत में हुआ करती थी। अब उनमें अपनापन था। ऐसा अपनापन जो इंसान को सुकून भी देता है... और डर भी।

क्योंकि अब दोनों जानते थे–
ये रिश्ता जितना खूबसूरत है, उतना ही मुश्किल भी।

अगले कुछ दिनों तक जालंधर में लगातार बारिश होती रही। पूरा शहर जैसे धुंध और ठंडी हवाओं में लिपट गया था। Library अब उनकी दुनिया बन चुकी थी। वही corner वाली seat, वही coffee cups, वही खिड़की पर गिरती बूंदें... और उन्हीं सबके बीच धीरे-धीरे गहरी होती मोहब्बत।

एक शाम अम्बरीन library पहुँची तो भारद्वाज पहले से वहाँ था। लेकिन आज वो किताब पढ़ने की बजाय बस बाहर बारिश देख रहा था।

अम्बरीन quietly उसके सामने बैठ गई।

"आज fake reading नहीं?" उसने हल्का सा पूछा।

भारद्वाज मुस्कुराया नहीं।

"आज mood नहीं है pretend करने का।"

उसका दिल हल्का सा बैठ गया।

"क्या हुआ?"

वो कुछ seconds तक चुप रहा। फिर धीरे से बोला—

"Dad ने shifting की date decide कर दी."

उसके हाथ वहीं रुक गए।

"कब?"

"अगले महीने की eighteen."

बस एक तारीख़।

लेकिन अम्बरीन को लगा जैसे किसी ने उसकी साँसों के बीच अचानक खालीपन भर दिया हो।

उसने तुरंत नजरें नीचे कर लीं।

भारद्वाज उसे देखता रहा। अब वो उसकी हर छोटी reaction पढ़ना सीख चुका था।

"तुम फिर वही कर रही हो," उसने धीरे से कहा।

"क्या?"

"दर्द छुपाना."

अम्बरीन हल्का सा हँसी लेकिन उसकी आवाज़ टूट रही थी।

"हर चीज़ openly feel नहीं की जाती."

"लेकिन feel तो होती है ना."

उसके बाद दोनों चुप हो गए।

बाहर बारिश और तेज हो चुकी थी। शीशों पर गिरती बूंदें अब लगातार आवाज़ कर रही थीं और library की warm lights में अम्बरीन का चेहरा और उदास लग रहा था।

कुछ देर बाद भारद्वाज ने धीरे से पूछा–

"अगर मैं ना जाऊँ तो?"

उसने तुरंत उसकी तरफ देखा।

पहली बार उसकी आवाज़ में मज़ाक बिल्कुल नहीं था।

"क्या?"

"अगर मैं मना कर दूँ?"

अम्बरीन का दिल बहुत जोर से धड़का।

लेकिन अगले ही second उसने धीरे से सिर हिला दिया।

"नहीं."

"क्यों?"

उसकी आँखें धीरे-धीरे भरने लगीं।

"क्योंकि फिर एक दिन आप मुझे blame करोगे."

"Never."

"अभी बोल रहे हो."

"सच बोल रहा हूँ."

अम्बरीन ने बहुत मुश्किल से खुद को संभाला।

"आपको जाना चाहिए," उसने धीरे से कहा, "क्योंकि कुछ लोग हमारी जिंदगी में हमेशा रहने के लिए नहीं आते..."

"तो फिर क्यों आते हैं?" भारद्वाज ने तुरंत पूछा।

उसके पास जवाब नहीं था।

या शायद था...
लेकिन वो खुद सुनना नहीं चाहती थी।

कुछ seconds तक दोनों सिर्फ एक-दूसरे को देखते रहे।

फिर भारद्वाज धीरे से बोला—

"तुम्हें पता है सबसे worst चीज़ क्या है?"

"क्या?"

"मैं तुम्हें छोड़कर जाना नहीं चाहता... लेकिन तुम्हारे साथ रहना भी आसान नहीं है."

उसके दिल में जैसे किसी ने धीरे से दर्द रख दिया।

क्योंकि वही बात वो खुद भी feel कर रही थी।

मोहब्बत कभी-कभी इंसान को complete नहीं करती...
उसे दो हिस्सों में बाँट देती है।

एक हिस्सा जो सामने वाले के साथ रहना चाहता है।
और दूसरा जो future से डरता रहता है।

उस रात दोनों library से बहुत देर से निकले। बाहर सड़कें almost खाली थीं। बारिश अब हल्की हो चुकी थी लेकिन हवा बहुत ठंडी थी।

चलते-चलते अचानक अम्बरीन रुक गई।

"क्या हुआ?" भारद्वाज ने पूछा।

वो कुछ seconds उसे देखती रही।

फिर बहुत धीरे से बोली–

"अगर हम पहले मिले होते ना..."

उसकी आवाज़ वहीं टूट गई।

भारद्वाज ने आँखें बंद कर लीं।

क्योंकि शायद वो sentence पूरा किए बिना भी समझ गया था।

अगर वो पहले मिले होते...
अगर society इतनी complicated ना होती...
अगर future इतना unclear ना होता...

तो शायद ये कहानी इतनी दर्दनाक ना होती।

उसने धीरे से उसका हाथ पकड़ लिया।

और उसी पल दोनों ने बिना बोले महसूस किया–

कुछ मोहब्बतें मुकम्मल होने के लिए नहीं आतीं...
बस इंसान को हमेशा के लिए बदलने आती हैं।

अध्याय 33

अब हर दिन उधार जैसा लगने लगा था

उस रात के बाद दोनों के बीच की खामोशी और गहरी हो गई थी। अब उन्हें हर बात बोलने की ज़रूरत नहीं पड़ती थी। कई बार सिर्फ एक-दूसरे को देख लेना ही काफी होता था। लेकिन उसी के साथ एक डर भी लगातार बढ़ रहा था—वक्त हाथ से फिसल रहा है।

जालंधर में सर्दियाँ पूरी तरह उतर चुकी थीं। सुबह-सुबह पूरा शहर धुंध में खो जाता। सड़कें आधी दिखाई देतीं, चाय की दुकानों से उठती भाप हवा में घुल जाती और लोग जल्दी-जल्दी अपने कामों में लग जाते। लेकिन अम्बरीन के लिए अब हर दिन का सबसे अहम हिस्सा वही कुछ घंटे थे... जब वो भारद्वाज से मिलती थी।

उस शाम दोनों library नहीं गए।

बारिश रुकी हुई थी लेकिन हवा बहुत ठंडी थी। वो दोनों शहर के पुराने bridge के पास खड़े थे जहाँ नीचे बहता पानी रात की रोशनियों को अपने साथ तोड़ता हुआ ले जा रहा था। आसपास hardly कोई था। सिर्फ दूर-दूर से आती गाड़ियों की आवाज़ें और बीच-बीच में चलती ठंडी हवा।

अम्बरीन railing के पास खड़ी नीचे पानी देख रही थी। उसके बाल बार-बार हवा से चेहरे पर आ रहे थे। भारद्वाज कुछ कदम दूर खड़ा उसे देख रहा था।

और शायद पहली बार उसे डर लगा कि ये सारे छोटे moments ही बाद में सबसे ज्यादा याद आएँगे।

"तुम फिर कहीं खो गई," उसने धीरे से कहा।

अम्बरीन हल्का सा मुस्कुराई, लेकिन उसकी आँखों में वही उदासी थी जो अब पिछले कुछ दिनों से हमेशा रहने लगी थी।

"बस सोच रही थी।"

"इतना क्या सोचती हो?"

उसने नीचे देखते हुए धीमी आवाज़ में कहा—

"कि कुछ चीज़ें इतनी खूबसूरत होकर भी अधूरी क्यों होती हैं।"

उसके बाद कुछ seconds दोनों चुप रहे।

ठंडी हवा और तेज हो गई थी। दूर किसी दुकान से धीमी उर्दू ग़ज़ल की आवाज़ आ रही थी जो उस रात को और उदास बना रही थी।

भारद्वाज धीरे-धीरे उसके पास आया लेकिन उतनी ही दूरी पर रुक गया जहाँ से उसकी आवाज़ साफ सुनाई दे सके।

"अगर मैं तुम्हें पहले मिला होता ना..." उसने बहुत धीरे से कहा।

अम्बरीन ने उसकी तरफ देखा।

उसकी आँखों में पहली बार इतनी साफ बेबसी थी।

"तो शायद मैं दुनिया से लड़ जाता।"

उसका दिल अचानक भर आया।

क्योंकि यही बात वो खुद भी कई बार सोच चुकी थी।

अगर वक्त अलग होता...
अगर हालात आसान होते...
अगर society इतनी complicated ना होती...

तो शायद ये कहानी इतनी दर्दनाक ना लगती।

अम्बरीन ने धीरे से नजरें झुका लीं।

"अब क्यों नहीं लड़ सकते?" उसकी आवाज़ मुश्किल से निकली।

भारद्वाज कुछ seconds तक बिल्कुल चुप रहा। फिर हल्की, थकी हुई मुस्कान उसके चेहरे पर आई।

"क्योंकि मोहब्बत सिर्फ feelings नहीं होती... जिम्मेदारियाँ भी होती हैं।"

उसके बाद अम्बरीन कुछ नहीं बोली।

क्योंकि वो समझ रही थी।

और शायद समझना ही सबसे painful चीज़ था।

कुछ देर तक दोनों सिर्फ सामने बहते पानी को देखते रहे। उनके बीच कोई touch नहीं था, कोई dramatic moment नहीं... फिर भी उस खामोशी में इतनी मोहब्बत थी कि दोनों की साँसें भारी होने लगी थीं।

"Funny thing पता है क्या?" अम्बरीन ने धीरे से कहा।

"क्या?"

"हमने कभी officially कुछ start ही नहीं किया..."

भारद्वाज ने उसकी बात पूरी की—

"लेकिन ending का डर पहले से feel हो रहा है।"

उसकी आँखें धीरे-धीरे भर गईं।

उसने तुरंत दूसरी तरफ देखना शुरू कर दिया ताकि वो notice ना करे।

लेकिन वो कर चुका था।

वो हमेशा कर लेता था।

"अम्बरीन..."

उसने बहुत नरमी से उसका नाम लिया।

वो उसकी तरफ देखी।

“तुम्हें पता है सबसे मुश्किल चीज़ क्या है?”

उसने हल्का सा सिर हिलाया।

“अब हर चीज़ में तुम शामिल हो।”

उसका दिल फिर काँप गया।

“Rain.
Coffee.
Late night calls.
Library की वो seat...
यहाँ तक कि silence भी।”

वो हल्का सा हँसा लेकिन उसकी आवाज़ टूट रही थी।

“तुमने मेरी जिंदगी को आदत बना दिया है।”

उसके बाद दोनों फिर चुप हो गए।

ना कोई वादा।
ना कोई future।
ना कोई filmy confession।

बस दो लोग...
जो एक-दूसरे को इतनी गहराई से महसूस करने लगे थे कि अब जुदाई का ख्याल भी अंदर तक दर्द देने लगा था।

और शायद यही उनकी मोहब्बत को रूहानी बनाता था—
वो एक-दूसरे को पाने से ज्यादा...
समझने लगे थे।

अध्याय 34

कुछ मोहब्बतें आवाज़ धीमी कर देती हैं

उस रात के बाद अम्बरीन पहले से ज्यादा चुप रहने लगी थी। अब वो हर moment को जैसे अंदर कहीं जमा करने लगी थी। भारद्वाज की आवाज़, उसकी बातें, उसकी half smiles, उसका हर बार "झूठ" बोलना... उसे डर था कि कहीं एक दिन यही सब यादों में ना बदल जाए।

और शायद वही डर उसे धीरे-धीरे तोड़ भी रहा था।

अगले कुछ दिनों में दोनों पहले से ज्यादा मिलने लगे, लेकिन अजीब बात ये थी कि अब बातें कम होने लगी थीं। पहले वो घंटों random topics पर हँसते रहते थे। अब कई बार साथ बैठकर भी सिर्फ खामोश रहते।

लेकिन वो खामोशी खाली नहीं होती थी।

उसमें इंतज़ार था।
डर था।
और वो मोहब्बत थी जिसे दोनों नाम देने से बच रहे थे।

उस शाम library almost खाली थी। बाहर लगातार बारिश हो रही थी। शीशों पर गिरती बूंदें warm yellow lights में और खूबसूरत लग रही थीं। अम्बरीन अपनी usual seat पर बैठी diary खोले कुछ लिख रही थी।

भारद्वाज सामने बैठा उसे देख रहा था।

"तुम फिर diary में मुझे लिख रही हो ना?" उसने धीरे से पूछा।

अम्बरीन हल्का सा मुस्कुराई।

"आप खुद को बहुत important समझते हो।"

"मतलब लिखा है।"

"शायद।"

"अब ये word सुनकर डर लगने लगा है।"

उसने pen बंद करके उसकी तरफ देखा।

"क्यों?"

भारद्वाज कुछ seconds चुप रहा। फिर धीमी आवाज़ में बोला–

"क्योंकि तुम्हारा हर 'शायद' मुझे आधा छोड़ देता है।"

उसका दिल अचानक बहुत भारी हो गया।

पहले वो उसकी बातों पर मुस्कुरा देती थी। अब हर बात अंदर उतरने लगी थी।

कुछ देर तक दोनों चुप रहे।

फिर अचानक अम्बरीन ने धीरे से पूछा–

"आपको कभी regret होगा?"

"किस बात का?"

"मुझसे मिलने का।"

भारद्वाज ने तुरंत जवाब नहीं दिया।

वो बस उसे देखता रहा। इतनी देर तक... कि अम्बरीन की साँसें फिर uneven होने लगीं।

फिर उसने बहुत धीरे से कहा–

"तुम्हें पता है सबसे खूबसूरत चीज़ क्या होती है?"

अम्बरीन quietly उसे देखती रही।

“जब कोई इंसान तुम्हारी जिंदगी में आकर तुम्हें बदल दे... बिना कोशिश किए।”

उसकी आँखें धीरे-धीरे भरने लगीं।

“और सबसे painful?” उसने बहुत मुश्किल से पूछा।

इस बार भारद्वाज हल्का सा मुस्कुराया, लेकिन उस मुस्कान में थकान थी।

“जब वही इंसान तुम्हारी जिंदगी में रह ना सके।”

उसके बाद दोनों काफी देर तक कुछ नहीं बोले।

बाहर बारिश और तेज हो चुकी थी। Library की खिड़कियों पर बूंदें लगातार फिसल रही थीं और अंदर अजीब सी उदासी फैल गई थी।

अम्बरीन ने धीरे से diary बंद कर दी।

फिर बहुत धीमी आवाज़ में बोली–

“मुझे डर लगता है future से।”

“मुझे भी।”

“फिर हम इतना feel क्यों कर रहे हैं?”

भारद्वाज ने नीचे देखते हुए हल्की साँस छोड़ी।

“क्योंकि दिल practical नहीं होता।”

उसने पहली बार openly उसकी आँखों में देखा।

और शायद पहली बार उसे साफ दिखाई दिया कि वो भी उतना ही टूट रहा है।

बस वो छुपाने में बेहतर था।

कुछ देर बाद library बंद होने लगी। बाकी लोग धीरे-धीरे निकल गए। बाहर सड़कें भीग चुकी थीं और हवा बहुत ठंडी हो गई थी।

दोनों साथ बाहर निकले।

बारिश हल्की थी लेकिन लगातार गिर रही थी। कुछ कदम चलते-चलते अचानक अम्बरीन रुक गई।

"क्या हुआ?" भारद्वाज ने पूछा।

वो कुछ seconds उसे देखती रही।

फिर बहुत धीरे से बोली—

"अगर एक दिन हम बात करना बंद कर दें ना..."

उसका दिल वहीं अटक गया।

"तो?"

उसकी आवाज़ काँप गई।

"तो शायद मैं फिर कभी बारिश पसंद ना कर पाऊँ।"

उसके बाद भारद्वाज कुछ नहीं बोल पाया।

क्योंकि शायद उसी पल उसे एहसास हुआ—

कुछ लोग सिर्फ जिंदगी का हिस्सा नहीं बनते...
वो मौसम बन जाते हैं।

अध्याय 35

अब बारिश सिर्फ बारिश नहीं रही थी

उस रात अम्बरीन बहुत देर तक खिड़की के पास बैठी रही। बाहर बारिश लगातार गिर रही थी और हर बूंद उसे उसी की याद दिला रही थी। पहले बारिश उसे सिर्फ अच्छी लगती थी... अब वो उसे महसूस होने लगी थी।

और यही चीज़ सबसे ज्यादा dangerous थी।

उसने phone उठाया।

Last seen — online.

लेकिन आज उसने message नहीं किया।

क्योंकि कई बार इंसान बात इसलिए नहीं करता... क्योंकि उसे डर होता है कि आवाज़ सुनते ही वो टूट जाएगा।

करीब पाँच मिनट बाद phone vibrate हुआ।

Bhardwaj:
"फिर overthinking?"

अम्बरीन चाहकर भी हल्का सा मुस्कुरा दी।

"आपको हर बार कैसे पता चल जाता है?"

"क्योंकि तुम चुप हो जाती हो।"

उसने reply type किया...
फिर delete कर दिया।

फिर आखिर लिखा—

"अगर एक दिन सब खत्म हो गया तो?"

इस बार काफी देर तक reply नहीं आया।

इतनी देर कि अम्बरीन का दिल घबराने लगा।

फिर उसका message आया—

"कुछ चीज़ें खत्म होकर भी खत्म नहीं होतीं।"

उसने काफी देर तक वही line पढ़ी।

उसकी आँखें धीरे-धीरे भरने लगीं।

"लेकिन लोग दूर हो जाते हैं."

"हाँ," उसने reply किया, "लेकिन कुछ लोग दूर होकर भी इंसान के अंदर रह जाते हैं।"

उस रात दोनों की call हुई।

लेकिन आज दोनों unusually quiet थे।

जैसे दोनों एक-दूसरे की आवाज़ याद कर लेना चाहते हों।

अम्बरीन balcony में खड़ी थी। ठंडी हवा उसके बालों को बार-बार चेहरे पर ला रही थी। नीचे सड़क पर पानी चमक रहा था और दूर कहीं किसी दुकान से धीमी ग़ज़ल बज रही थी।

"तुम रोई थी?" भारद्वाज ने अचानक पूछा।

उसने तुरंत आँखें बंद कर लीं।

"नहीं."

"अम्बरीन."

उसका नाम उसने इतनी नरमी से लिया कि उसकी साँसें भारी हो गईं।

"तुम्हारी आवाज़ बदल जाती है जब तुम रोती हो."

उसने जवाब नहीं दिया।

क्योंकि सच छुपाना मुश्किल होता जा रहा था।

कुछ seconds दोनों चुप रहे।

फिर भारद्वाज बहुत धीरे से बोला–

"काश मैं तुम्हें ऐसे वक्त में मिला होता जहाँ चीज़ें आसान होतीं."

उसका दिल फिर टूटने लगा।

"आप हर बार ये बात क्यों बोलते हो?"

"क्योंकि शायद यही सच है."

उसके बाद काफी देर तक सिर्फ बारिश की आवाज़ सुनाई देती रही।

ना कोई joke।
ना teasing।
ना fake smiles।

बस दो लोग...
जो एक-दूसरे से इतनी मोहब्बत करने लगे थे कि अब हर बात दर्द देने लगी थी।

"अम्बरीन..."

"Hmm?"

"अगर हम एक-दूसरे की जिंदगी में ना आते ना..."

वो रुक गया।

"तो?"

उसने बहुत धीरे से कहा—

"तो शायद जिंदगी आसान होती...
लेकिन इतनी खूबसूरत नहीं."

उसकी आँखों से आँसू आखिर निकल ही गए।

उसने तुरंत चेहरा दूसरी तरफ कर लिया, जैसे वो उसे देख सकता हो।

लेकिन शायद वो महसूस कर चुका था।

"रोओ मत," उसने धीमी आवाज़ में कहा।

अम्बरीन हल्का सा हँसी, लेकिन उसकी आवाज़ टूट रही थी।

"आपको पता है सबसे बुरी बात क्या है?"

"क्या?"

"अब मुझे हर चीज़ में आप याद आते हो."

उसके बाद दूसरी तरफ कुछ seconds बिल्कुल silence रहा।

फिर भारद्वाज की बहुत धीमी आवाज़ आई—

"Same."

उस एक word में जितना दर्द था...
उतना शायद पूरी conversations में नहीं था।

रात बहुत हो चुकी थी।

लेकिन ना वो call खत्म करना चाहते थे,
ना बात।

क्योंकि दोनों जानते थे–
कुछ रिश्तों में लोग साथ कम रहते हैं...
यादों में ज्यादा।

अध्याय 36

अब जुदाई की आहट आने लगी थी

दिन धीरे-धीरे आगे बढ़ रहे थे... लेकिन दोनों को लग रहा था जैसे वक्त बहुत तेज भाग रहा है।

अब हर मुलाकात में एक अजीब सी बेचैनी शामिल होने लगी थी। पहले वो future की बातें avoid करते थे। अब future हर conversation के बीच आकर खड़ा हो जाता था।

और शायद यही सबसे painful चीज़ थी–
मोहब्बत पूरी तरह महसूस होना... लेकिन मुकम्मल ना हो पाना।

उस शाम जालंधर में बहुत घनी धुंध थी। सड़कें आधी गायब लग रही थीं और street lights धुंध में हल्के पीले धब्बों जैसी दिखाई दे रही थीं। अम्बरीन library पहुँची तो अंदर usual silence था।

भारद्वाज पहले से वहाँ बैठा था।

लेकिन आज उसे देखते ही अम्बरीन का दिल अजीब तरह से भारी हो गया।

क्योंकि वो उसे ऐसे देख रहा था...
जैसे कोई इंसान किसी चीज़ को याद कर लेना चाहता हो।

"क्या हुआ?" अम्बरीन ने धीरे से पूछा।

वो हल्का सा मुस्कुराया।

"कुछ नहीं."

"झूठ."

अब ये word दोनों की आदत बन चुका था।

भारद्वाज ने coffee cup नीचे रखा और कुछ seconds उसे देखता रहा। फिर धीरे से बोला–

"आज Mom packing की बातें कर रही थीं."

उसके बाद library की सारी आवाज़ें जैसे दूर चली गईं।

अम्बरीन quietly chair पर बैठ गई।

उसने महसूस किया कि उसके हाथ धीरे-धीरे ठंडे हो रहे हैं।

"इतनी जल्दी..." उसकी आवाज़ मुश्किल से निकली।

"हाँ."

बस इतना।

लेकिन उस "हाँ" में जितनी मजबूरी थी... वो दोनों समझ रहे थे।

कुछ देर तक दोनों बिल्कुल चुप बैठे रहे।

बाहर धुंध और गहरी हो चुकी थी। शीशों पर नमी जम गई थी और library की warm lights में सब कुछ धुँधला-धुँधला लग रहा था।

"आप चले जाओगे तो..." अम्बरीन अचानक बोलते-बोलते रुक गई।

"तो?"

उसने नजरें नीचे कर लीं।

"कुछ नहीं."

भारद्वाज हल्का सा मुस्कुराया लेकिन उसकी आँखें उदास थीं।

“तुम्हारी problem पता है क्या है?”

“क्या?”

“तुम हर बात आधी बोलती हो... और बाकी आँखों में छोड़ देती हो.”

उसकी साँसें भारी होने लगीं।

क्योंकि अब सच में बहुत कुछ आँखों में आने लगा था।

“ठीक है,” भारद्वाज धीरे से बोला, “मैं guess कर लेता हूँ.”

अम्बरीन quietly उसे देखती रही।

“तुम ये सोच रही हो कि मेरे जाने के बाद क्या होगा.”

उसकी आँखें तुरंत झुक गईं।

क्योंकि वही सच था।

कुछ seconds बाद उसने बहुत धीरे से पूछा—

“और answer पता है?”

भारद्वाज काफी देर तक चुप रहा।

फिर बोला—

“नहीं.”

उसका दिल फिर टूट गया।

क्योंकि कई बार सबसे painful चीज़ uncertainty होती है।

कुछ देर बाद library बंद होने लगी। बाकी लोग जा चुके थे। बाहर ठंडी हवा चल रही थी और हल्की बूंदाबांदी फिर शुरू हो गई थी।

दोनों धीरे-धीरे सड़क की तरफ चलने लगे।

आज ना कोई teasing थी,
ना छोटी arguments।

बस भारी silence।

चलते-चलते अचानक अम्बरीन रुक गई।

भारद्वाज उसकी तरफ मुड़ा।

वो कुछ seconds उसे देखती रही। फिर बहुत धीरे से बोली—

"आपको पता है मुझे सबसे ज्यादा किस बात से डर लगता है?"

"किससे?"

उसकी आवाज़ काँप गई।

"कि एक दिन हम strangers बन जाएँगे."

उसके बाद भारद्वाज कुछ seconds बिल्कुल still खड़ा रहा।

जैसे वो sentence अंदर कहीं जाकर लगा हो।

फिर उसने बहुत धीमी आवाज़ में कहा—

"कुछ लोग strangers नहीं बनते..."

अम्बरीन quietly उसे देखती रही।

"वो बस जिंदगी से निकलकर यादों में चले जाते हैं."

उसकी आँखें फिर भर आईं।

और शायद पहली बार उसे एहसास हुआ—

कुछ मोहब्बतें खत्म नहीं होतीं...
बस अधूरी रह जाती हैं।

अध्याय 37

कुछ रिश्ते अलविदा से पहले ही टूटने लगते हैं

उस रात के बाद अम्बरीन के अंदर अजीब सी खामोशी उतर आई थी। अब वो पहले की तरह जल्दी reply नहीं करती थी, जल्दी हँसती नहीं थी, और सबसे ज्यादा – अब वो future के बारे में सोचने से डरने लगी थी।

क्योंकि हर future जाकर वहीं खत्म होता था...

"Chandigarh."

जितना वो उस word से बचना चाहती थी, उतना ही वो उनके बीच आता जा रहा था।

अगले दिन मौसम बहुत उदास था। ना बारिश, ना धूप। बस grey आसमान और ठंडी हवा। जालंधर की सड़कों पर लोग usual जिंदगी जी रहे थे, लेकिन अम्बरीन को लग रहा था जैसे उसके अंदर सब धीरे-धीरे रुकता जा रहा है।

वो library पहुँची तो भारद्वाज खिड़की के पास खड़ा बाहर देख रहा था।

उसने आज उसे आते हुए notice नहीं किया।

और यही चीज़ अम्बरीन को अंदर तक चुभ गई।

वो quietly उसके पास जाकर खड़ी हो गई।

"कहाँ खोए हो?"

भारद्वाज जैसे अचानक reality में वापस आया। उसने उसकी तरफ देखा और हल्का सा मुस्कुराया।

"तुम आ गई."

"हाँ."

फिर दोनों चुप।

अब उनकी खामोशियाँ भी लंबी होने लगी थीं।

कुछ देर बाद भारद्वाज धीरे से बोला–

"Dad ने movers से बात कर ली."

उसका दिल फिर बैठ गया।

हर दिन अब कोई ना कोई नई चीज़ उन्हें उसी ending के करीब ले जा रही थी जिससे दोनों बचना चाहते थे।

अम्बरीन ने खुद को normal दिखाने की कोशिश की।

"Good."

वो तुरंत समझ गया।

"झूठ."

इस बार अम्बरीन हँसी भी नहीं।

उसने बस धीरे से पूछा–

"आप डरते नहीं?"

भारद्वाज कुछ seconds चुप रहा।

फिर बहुत धीमी आवाज़ में बोला–

"इतना... कि कई बार साँस भारी लगने लगती है."

उसकी आँखें फिर भरने लगीं।

क्योंकि पहली बार उसने openly अपना डर admit किया था।

कुछ देर तक दोनों वहीं बैठे रहे। बाहर हल्की हवा चल रही थी और शीशों पर धुंध जमने लगी थी।

अम्बरीन diary में कुछ लिखने की कोशिश कर रही थी लेकिन words बार-बार टूट रहे थे।

"क्या लिख रही हो?" भारद्वाज ने पूछा।

उसने diary बंद कर दी।

"कुछ नहीं."

"फिर से झूठ."

अम्बरीन ने पहली बार हल्का सा मुस्कुराने की कोशिश की।

"आपको हर बार सच जानना जरूरी क्यों लगता है?"

"क्योंकि तुम्हारे अंदर बहुत कुछ दबा रहता है."

उसके बाद कुछ seconds दोनों एक-दूसरे को देखते रहे।

फिर अचानक अम्बरीन ने बहुत धीरे से पूछा—

"अगर मैं आपको भूल ना पाई तो?"

उस question के बाद भारद्वाज बिल्कुल चुप हो गया।

उसने शायद खुद से भी ये सवाल avoid किया था।

काफी देर बाद उसने धीमी आवाज़ में कहा—

"तो मत भूलना."

उसकी साँस वहीं अटक गई।

"और आप?"

उसने नजरें खिड़की की तरफ कर लीं।

“मैंने कोशिश की थी Chandigarh में...”

अम्बरीन का दिल जोर से धड़का।

“क्या?”

“खुद को समझाने की... कि ये सब temporary है.”

वो धीरे से हँसा, लेकिन उसकी आवाज़ टूट रही थी।

“लेकिन हर सड़क पर तुम याद आ रही थीं.”

अम्बरीन अब उसे देख भी नहीं पा रही थी।

क्योंकि उसकी आँखों में जितना दर्द था...
उतनी ही मोहब्बत भी।

शाम धीरे-धीरे रात में बदलने लगी। Library लगभग खाली हो चुकी थी। बाहर street lights जल गई थीं और हल्की बूंदाबांदी फिर शुरू हो गई थी।

“चलें?” भारद्वाज ने धीरे से पूछा।

अम्बरीन ने सिर हिला दिया।

दोनों साथ बाहर निकले।

सड़क पर ठंडी हवा चल रही थी। कुछ कदम चलते-चलते अचानक अम्बरीन रुक गई।

“क्या हुआ?” उसने पूछा।

वो कुछ seconds उसे देखती रही।

फिर बहुत धीरे से बोली—

"मुझे लगता है ना... हम दोनों बहुत देर से मिले."

उसके बाद भारद्वाज ने आँखें बंद कर लीं।

क्योंकि शायद यही उनकी पूरी कहानी का सबसे painful सच था।

अध्याय 38

अब वक्त हाथ से फिसलने लगा था

उस रात के बाद दोनों के बीच कुछ भी हल्का नहीं बचा था। अब हर बात में एक अजीब सी थकान उतर आई थी। जैसे दोनों लगातार खुद को संभालने की कोशिश कर रहे हों... लेकिन अंदर ही अंदर टूटते जा रहे हों।

अम्बरीन अब अक्सर रातों को जागने लगी थी। पहले उसे नींद देर से आती थी, अब कई बार आती ही नहीं थी। वो बस खिड़की के पास बैठी रहती, नीचे खाली सड़कें देखती और सोचती रहती कि आखिर कुछ लोग जिंदगी में इतने देर से क्यों आते हैं।

अगर भारद्वाज उससे पहले मिला होता...
तो क्या चीज़ें अलग होतीं?

ये सवाल अब उसके अंदर हर रोज़ उठता था।

अगले दिन शाम को मौसम बहुत खराब था। तेज हवा चल रही थी और आसमान पूरी तरह बादलों से भरा हुआ था। जालंधर की सड़कें बारिश से भीग चुकी थीं।

अम्बरीन library पहुँची तो अंदर unusual silence था।

भारद्वाज अपनी usual seat पर बैठा था, लेकिन आज उसके सामने कोई किताब नहीं थी। बस coffee थी... जो शायद काफी देर से untouched पड़ी थी।

अम्बरीन quietly उसके सामने बैठ गई।

कुछ seconds दोनों ने एक-दूसरे को देखा भी नहीं।

फिर उसने धीरे से पूछा–

“आज इतने चुप क्यों हो?”

भारद्वाज हल्का सा हँसा, लेकिन वो हँसी उसकी आँखों तक नहीं पहुँची।

“तुम्हें नहीं लगता अब हमारे पास बातें कम पड़ने लगी हैं?”

उसका दिल फिर भारी हो गया।

“नहीं... बातें नहीं,” अम्बरीन ने धीरे से कहा, “वक्त कम पड़ने लगा है।”

उसके बाद दोनों फिर चुप हो गए।

बाहर बारिश की आवाज़ लगातार बढ़ रही थी। खिड़की के शीशों पर बूंदें इतनी तेज गिर रही थीं कि बाहर सब धुँधला दिखने लगा था।

“Packing शुरू हो गई,” भारद्वाज ने अचानक कहा।

उसके हाथ धीरे से रुक गए।

हर बार कोई नई बात उसे उसी सच के और करीब ले आती थी जिससे वो भाग रही थी।

“Mom बहुत excited हैं,” वो धीरे से बोला, “उन्हें लगता है नई जगह, नई शुरुआत... सब अच्छा होगा।”

अम्बरीन बस quietly सुनती रही।

फिर बहुत मुश्किल से बोली–

“और आपको?”

उसने काफी देर तक जवाब नहीं दिया।

फिर उसकी तरफ देखकर धीमी आवाज़ में कहा—

"मुझे लग रहा है मैं अपनी जिंदगी का सबसे जरूरी हिस्सा पीछे छोड़ रहा हूँ।"

उसकी आँखें तुरंत भर आईं।

उसने तुरंत दूसरी तरफ देखना शुरू कर दिया ताकि वो notice ना करे।

लेकिन वो notice कर चुका था।

हमेशा की तरह।

"अम्बरीन..."

उसने बहुत नरमी से उसका नाम लिया।

"Hmm..."

"मेरी तरफ देखो."

उसने बहुत मुश्किल से नजर उठाई।

और उसी पल भारद्वाज का दिल अजीब तरह से टूट गया।

क्योंकि अब उसकी आँखों में sadness छुपती नहीं थी।

कुछ seconds दोनों बस एक-दूसरे को देखते रहे।

फिर अम्बरीन धीरे से बोली—

"आपको पता है सबसे painful चीज़ क्या है?"

"क्या?"

"जब इंसान को पहले से पता हो कि वो किसी को खो देगा... फिर भी वो उससे मोहब्बत करने लगे."

उसके बाद भारद्वाज बिल्कुल चुप हो गया।

क्योंकि शायद वही उनकी पूरी कहानी थी।

कुछ देर बाद उसने बहुत धीरे से पूछा—

"अगर मैं ना मिलता तुम्हें... तो?"

अम्बरीन हल्का सा मुस्कुराई, लेकिन उसकी आँखें भीग चुकी थीं।

"तो शायद जिंदगी आसान होती."

"और?"

उसने उसकी तरफ देखा।

"लेकिन इतनी खूबसूरत नहीं."

उसकी साँसें भारी हो गईं।

बाहर thunder हुआ। बारिश और तेज हो गई। Library लगभग खाली हो चुकी थी और warm yellow lights में दोनों की खामोशी और गहरी लग रही थी।

"Funny thing पता है क्या..." भारद्वाज ने धीरे से कहा।

"क्या?"

"मैं हमेशा practical इंसान था."

अम्बरीन quietly उसे देखती रही।

"फिर तुम मिली... और पहली बार मुझे emotions से डर लगने लगा."

उसका दिल फिर काँप गया।

क्योंकि वही चीज़ वो खुद भी महसूस कर रही थी।

रात काफी हो चुकी थी। दोनों धीरे-धीरे बाहर निकले। सड़कें भीगी हुई थीं और ठंडी हवा चेहरे से टकरा रही थी।

चलते-चलते अचानक अम्बरीन रुक गई।

भारद्वाज उसकी तरफ मुड़ा।

वो कुछ seconds उसे देखती रही...
जैसे उसे याद कर लेना चाहती हो।

फिर बहुत धीमी आवाज़ में बोली—

“Promise करो...”

“क्या?”

उसकी आवाज़ काँप गई।

“एक दिन अगर हम बात करना बंद भी कर दें ना... तब भी मुझे बुरा इंसान समझकर मत भूलना.”

उसके बाद भारद्वाज कुछ seconds तक कुछ बोल ही नहीं पाया।

फिर उसने बहुत धीरे से कहा—

“तुम्हें भूलना मेरे बस में होता ना... तो शायद मैं इतना टूटता ही नहीं.”

अध्याय 39

अब अलविदा नज़रों में उतरने लगा था

दिन अब बहुत तेज़ी से गुजरने लगे थे।

या शायद दोनों को ऐसा लगने लगा था।

हर सुबह उठते ही अम्बरीन के दिल में पहला ख्याल यही आता–
“अब कितना वक्त बचा है?”

और शायद सबसे painful चीज़ यही थी कि अब उनकी मोहब्बत में खुशी से ज्यादा डर शामिल हो चुका था।

अगले कुछ दिनों में भारद्वाज पहले से ज्यादा उसके साथ रहने लगा। अब वो छोटी-छोटी बातों के लिए भी मिलने का बहाना ढूँढ लेता।

“Coffee?”
“Library?”
“बस पाँच minute.”

और अम्बरीन हर बार मना करने की कोशिश करके भी नहीं कर पाती।

क्योंकि सच ये था–
अब उसकी आवाज़ सुन लेना भी सुकून बन चुका था।

उस शाम मौसम बहुत शांत था। कई दिनों बाद बारिश नहीं हो रही थी। आसमान साफ था लेकिन हवा बहुत ठंडी थी। दोनों library की बजाय शहर की एक पुरानी किताबों वाली गली में घूम रहे थे जहाँ शाम के बाद भीड़ बहुत कम हो जाती थी।

दुकानों के बाहर पीली रोशनियाँ जल रही थीं और पुरानी किताबों की खुशबू हवा में घुली हुई थी।

अम्बरीन धीरे-धीरे चलते हुए हर दूसरी दुकान पर रुक जाती। कभी किसी diary को देखती, कभी किसी novel को।

भारद्वाज बस उसे देखता रहता।

“क्या?” उसने आखिर मुस्कुराकर पूछा।

“कुछ नहीं.”

"फिर ऐसे क्यों देख रहे हो?"

वो कुछ seconds चुप रहा। फिर धीरे से बोला—

"तुम्हें याद कर लेना आसान रहेगा शायद."

उसका दिल अचानक बहुत भारी हो गया।

"ऐसी बातें मत किया करो."

"सच बातें अक्सर अच्छी नहीं लगतीं."

उसने तुरंत नजरें दूसरी तरफ कर लीं।

क्योंकि अब हर बार उसकी ऐसी बातें सीधे आँखों तक दर्द ले आती थीं।

कुछ देर बाद दोनों एक छोटी सी दुकान के बाहर रुक गए। वहाँ पुराने Urdu novels और diaries रखी थीं।

अम्बरीन एक dark blue diary हाथ में लेकर pages पलटने लगी।

"फिर diary?" भारद्वाज ने पूछा।

"कुछ चीज़ें लिखे बिना रह नहीं पाती."

"और कुछ चीज़ें पढ़े बिना समझ नहीं आतीं."

उसने उसकी तरफ देखा।

"मतलब?"

वो हल्का सा मुस्कुराया।

"तुम."

अम्बरीन चाहकर भी smile रोक नहीं पाई।

लेकिन वही smile अगले ही second उदासी में बदल गई।

क्योंकि अब हर खूबसूरत moment के पीछे एक invisible दर्द खड़ा रहता था।

दुकान से बाहर निकलते वक्त अचानक ठंडी हवा चली। अम्बरीन ने shawl थोड़ा और कस लिया।

भारद्वाज ने धीरे से पूछा—

"डर अभी भी लगता है?"

उसने बिना सोचे जवाब दिया—

"पहले से ज्यादा."

"मुझसे?"

अम्बरीन हल्का सा सिर हिलाई।

"नहीं... उस दिन से, जब आप चले जाओगे."

उसके बाद दोनों कुछ seconds चुप रहे।

सड़क लगभग खाली थी। दूर किसी चाय वाले की दुकान से धीमी music की आवाज़ आ रही थी।

फिर भारद्वाज बहुत धीरे से बोला—

"तुम्हें पता है मैं सबसे ज्यादा किस चीज़ से डरता हूँ?"

अम्बरीन quietly उसे देखती रही।

"कि एक दिन तुम खुद को मजबूर कर लोगी मुझे भूलने के लिए."

उसकी आँखें तुरंत भर आईं।

"मैं नहीं भूल पाऊँगी."

उसने ये इतनी slowly कहा... जैसे खुद से सच admit कर रही हो।

भारद्वाज कुछ seconds तक बस उसे देखता रहा।

फिर हल्का सा हँसा, लेकिन उसकी आवाज़ टूट रही थी।

"यही तो problem है."

उसके बाद दोनों फिर धीरे-धीरे चलने लगे।

ना कोई बड़ा confession।
ना dramatic promises।

बस दो लोग...
जो अब हर moment को ऐसे जी रहे थे जैसे वो बाद में सिर्फ याद बनकर रह जाएगा।

चलते-चलते अचानक अम्बरीन रुक गई।

"क्या हुआ?" भारद्वाज ने पूछा।

वो कुछ seconds उसे देखती रही।

फिर बहुत धीरे से बोली–

"अगर किसी और जिंदगी में मिले ना..."

उसका दिल वहीं अटक गया।

"तो?"

उसकी आँखें पूरी तरह भीग चुकी थीं।

"तो थोड़ा जल्दी मिलना."

अध्याय 40

कुछ मोहब्बतें दुआ बन जाती हैं

उस एक sentence के बाद दोनों काफी देर तक चुप रहे।

"तो थोड़ा जल्दी मिलना..."

जैसे उस एक line में अम्बरीन ने अपनी पूरी मोहब्बत रख दी हो।

ठंडी हवा लगातार चल रही थी। सड़क पर पीली lights फैली हुई थीं और रात धीरे-धीरे और शांत होती जा रही थी। भारद्वाज उसे बस देखता रहा।

उसकी आँखों में पहली बार इतनी साफ टूटन दिखाई दे रही थी कि अम्बरीन खुद उसकी तरफ ज्यादा देर देख नहीं पाई।

उसने धीरे से नजरें झुका लीं।

"तुम ऐसी बातें क्यों करती हो..." भारद्वाज की आवाज़ बहुत धीमी थी।

"क्योंकि कुछ बातें सच होती हैं."

"और कुछ बातें इंसान को अंदर से तोड़ देती हैं."

अम्बरीन हल्का सा मुस्कुराई लेकिन उसकी आँखों में नमी चमक रही थी।

"आपको पता है सबसे अजीब चीज़ क्या है?"

"क्या?"

"हम दोनों ने कभी एक-दूसरे से कुछ माँगा ही नहीं."

उसने quietly उसकी तरफ देखा।

वो सही कह रही थी।

ना किसी ने साथ रहने का वादा किया।
ना future की plans बनाई।
ना forever कहा।

फिर भी दोनों पूरी तरह एक-दूसरे में शामिल हो चुके थे।

और शायद यही उनकी मोहब्बत को और रूहानी बनाता था।

कुछ देर बाद दोनों उसी छोटी चाय की दुकान के पास रुक गए जहाँ अक्सर college के बाद लोग खड़े रहते थे। आज वहाँ भीड़ नहीं थी। बस हल्की भाप उठ रही थी और पुराने गाने धीमी आवाज़ में बज रहे थे।

अम्बरीन ने दोनों हाथों से चाय का cup पकड़ लिया।

"ठंड लग रही है?" भारद्वाज ने पूछा।

"थोड़ी."

"तुम हमेशा इतनी जल्दी ठंडी क्यों हो जाती हो?"

अम्बरीन हल्का सा हँसी।

"और आप हमेशा इतनी छोटी चीज़ें notice क्यों करते हो?"

"क्योंकि अब आदत हो गई है."

उसका दिल फिर भारी हो गया।

अब हर normal sentence भी दर्द देने लगा था।

कुछ seconds दोनों चुपचाप सड़क देखते रहे।

फिर अचानक भारद्वाज ने धीरे से पूछा—

"अगर मैं ना मिलता तुम्हें... तो तुम कैसी होती?"

अम्बरीन काफी देर तक सोचती रही।

फिर बहुत धीमी आवाज़ में बोली—

“शायद ज्यादा strong.”

“और?”

उसने उसकी तरफ देखा।

“कम खुश.”

उसके बाद भारद्वाज की आँखों में जो softness आई... उसने अम्बरीन की साँसें फिर भारी कर दीं।

वो हल्का सा मुस्कुराया।

“तुम्हें पता है... तुम पहले इंसान हो जिसके सामने मुझे खुद को explain नहीं करना पड़ता.”

उसकी आँखें फिर भरने लगीं।

क्योंकि वही चीज़ वो खुद भी महसूस करती थी।

उसके सामने रहकर उसे कभी pretend नहीं करना पड़ता था।

ना strong बनने का।
ना perfect बनने का।

कुछ रिश्ते इंसान को बदलते नहीं...
उसे उसकी असली जगह दे देते हैं।

रात और ठंडी हो चुकी थी। सड़कें लगभग खाली थीं। दूर कहीं हल्की धुंध उतरने लगी थी।

चलते-चलते अचानक अम्बरीन धीरे से बोली—

"एक बात पूछूँ?"

"Hmm?"

"आपको कभी लगता है... हम गलत हैं?"

उसके बाद भारद्वाज काफी देर तक चुप रहा।

फिर बहुत धीरे से बोला–

"नहीं."

अम्बरीन quietly उसे देखती रही।

"मुझे लगता है हम बस अधूरे हैं."

उसके दिल में जैसे किसी ने धीरे से दर्द रख दिया।

क्योंकि शायद वही उनकी पूरी कहानी थी।

गलत नहीं।
बस अधूरी।

कुछ कदम और चलने के बाद अम्बरीन रुक गई।

"क्या हुआ?" उसने पूछा।

उसने बहुत धीरे से कहा–

"Promise करो..."

"क्या?"

उसकी आवाज़ काँप गई।

"जब कभी बारिश हो ना... तो मुझे एक बार याद जरूर करना."

भारद्वाज की आँखें कुछ seconds के लिए बंद हो गईं।

फिर उसने बहुत धीमी आवाज़ में कहा—

"अम्बरीन...
अब बारिश और तुम अलग कहाँ रहे हो."

अध्याय 41

अब मोहब्बत इबादत जैसी लगने लगी थी

उस रात के बाद अम्बरीन बहुत देर तक सो नहीं पाई।

खिड़की के बाहर हल्की बारिश फिर शुरू हो चुकी थी। बूंदें धीरे-धीरे शीशों पर गिर रही थीं और कमरे में वही ठंडी खामोशी फैली हुई थी जो अब पिछले कुछ महीनों से उसकी जिंदगी का हिस्सा बन चुकी थी।

उसने phone उठाया।

Last message अब भी screen पर था—

"अब बारिश और तुम अलग कहाँ रहे हो."

उसने उँगलियों से धीरे से वही line touch की।

और ना जाने क्यों...
उसकी आँखें फिर भर आईं।

पहले उसे लगता था मोहब्बत बहुत loud चीज़ होगी। Filmy. Dramatic. लेकिन भारद्वाज से मिलने के बाद उसे समझ आया कि असली मोहब्बत इंसान को चुप कर देती है।

धीरे-धीरे।
खामोशी से।

उस रात उसने diary खोली।

कुछ देर blank page देखती रही।

फिर लिखना शुरू किया—

"कुछ लोग जिंदगी में आकर शोर नहीं करते...
बस इंसान की रूह में उतर जाते हैं."

उसने pen रोक दिया।

फिर नीचे धीरे से लिखा—

"और शायद वही लोग सबसे ज्यादा याद आते हैं."

Phone vibrate हुआ।

Bhardwaj:
"सोई नहीं?"

उसने तुरंत reply नहीं किया।

बस कुछ seconds तक उसकी chat देखती रही।

फिर लिखा—

"नींद नहीं आ रही."

"क्यों?"

उसने काफी देर तक कोई जवाब नहीं दिया।

क्योंकि अब हर सच बोलना मुश्किल होने लगा था।

लेकिन उससे झूठ बोलना भी।

"डर लग रहा है."

इस बार reply तुरंत आया—

“मुझे भी.”

उसकी साँसें भारी हो गईं।

कुछ देर तक दोनों online रहे लेकिन किसी ने कुछ नहीं लिखा।

फिर अचानक भारद्वाज का message आया–

“Call?”

अम्बरीन balcony में चली गई। बाहर बारिश अब थोड़ी तेज हो चुकी थी। पूरी सड़क खाली थी और दूर कहीं सिर्फ कुत्तों के भौंकने की आवाज़ आ रही थी।

उसने धीरे से call receive की।

“Hello...”

दूसरी तरफ कुछ seconds silence रहा।

फिर उसकी धीमी आवाज़ आई–

“काश ये रात यहीं रुक जाती.”

उसका दिल फिर काँप गया।

“आप आज बहुत emotional हो.”

“तुम्हारी वजह से.”

अम्बरीन हल्का सा हँसी लेकिन उसकी आवाज़ टूट रही थी।

“पहले तो आप practical हुआ करते थे.”

“पहले तुम नहीं थी.”

उसके बाद दोनों काफी देर तक चुप रहे।

लेकिन अब वो silence uncomfortable नहीं लगती थी।

वो ऐसी लगती थी जैसे दो लोग बिना बोले भी एक-दूसरे को महसूस कर रहे हों।

“अम्बरीन...”

“Hmm?”

“तुम्हें पता है मुझे तुमसे सबसे ज्यादा क्या मिला?”

उसने धीरे से पूछा—

“क्या?”

भारद्वाज कुछ seconds चुप रहा।

फिर बहुत नरमी से बोला—

“सुकून.”

उसकी आँखें फिर भर आईं।

क्योंकि यही चीज़ वो खुद भी महसूस करती थी।

दुनिया के सामने वो दोनों अलग लोग थे—
normal,
practical,
composed.

लेकिन एक-दूसरे के सामने...
दोनों बस थके हुए दिल थे जिन्हें थोड़ी पनाह मिल गई थी।

“Funny thing पता है क्या...” अम्बरीन ने धीरे से कहा।

“क्या?”

“हमने कभी एक-दूसरे को ‘I love you’ भी नहीं कहा.”

भारद्वाज हल्का सा मुस्कुराया।

“कुछ चीज़ें बोलने से छोटी लगने लगती हैं.”

उसका दिल फिर भर आया।

बाहर बारिश लगातार हो रही थी।

और शायद पहली बार अम्बरीन को महसूस हुआ—

उनकी मोहब्बत पाने की नहीं थी...
समझने की थी।

एक ऐसी मोहब्बत...
जिसमें छूने से ज्यादा अहमियत इंतज़ार की थी,
साथ से ज्यादा अहमियत एहसास की थी,
और words से ज्यादा अहमियत खामोशी की।

अध्याय 42

अब हर रात आख़िरी रात जैसी लगने लगी थी

फरवरी धीरे-धीरे खत्म होने लगी थी।

और उसके साथ वो वक्त भी... जिसे दोनों रोक नहीं पा रहे थे।

अब हर सुबह अम्बरीन उठते ही calendar देखने लगी थी। पहले dates का कोई मतलब नहीं होता था। अब हर गुजरता दिन उसे Chandigarh के थोड़ा और करीब ले जा रहा था।

और यही चीज़ उसे अंदर ही अंदर तोड़ रही थी।

उस शाम मौसम बहुत शांत था। ना बारिश थी, ना हवा। बस हल्की ठंड और आसमान पर फैला फीका सा चाँद।

अम्बरीन library पहुँची तो भारद्वाज usual seat पर नहीं था।

उसका दिल अचानक घबराया।

उसने phone निकाला।

No messages.

करीब दो मिनट बाद पीछे से उसकी आवाज़ आई—

"मुझे ढूँढ रही थी?"

अम्बरीन तुरंत मुड़ी।

वो पीछे वाली shelf के पास खड़ा था। हाथ में किताब थी लेकिन clearly पढ़ नहीं रहा था।

अम्बरीन ने खुद को normal दिखाने की कोशिश की।

"नहीं."

भारद्वाज हल्का सा मुस्कुराया।

"झूठ."

अब ये word दोनों की कहानी का हिस्सा बन चुका था।

दोनों जाकर window वाली seat पर बैठ गए। बाहर सड़क पर lights जल चुकी थीं और शीशों में उनकी हल्की reflections दिखाई दे रही थीं।

आज library unusually quiet थी।

और शायद दोनों भी।

कुछ देर बाद भारद्वाज धीरे से बोला—

“Mom आज relatives से मिलवा रही थीं Chandigarh में.”

उसका दिल फिर भारी हो गया।

हर नई बात उसे उसी सच के और करीब ले आती थी जिससे वो भागना चाहती थी।

“अच्छा लगा?” उसने बहुत मुश्किल से पूछा।

वो हल्का सा हँसा, लेकिन उसकी आँखों में थकान थी।

“तुम्हारे बिना कोई चीज़ अच्छी लगना बंद हो गई है.”

उसने तुरंत नजरें झुका लीं।

क्योंकि अब उसकी बातें सुनना आसान नहीं रह गया था।

कुछ seconds दोनों चुप रहे।

फिर अम्बरीन ने धीरे से पूछा—

“आपको कभी लगता है... हम selfish हैं?”

“क्यों?”

“क्योंकि हम जानते हैं ending क्या है...
फिर भी रुक नहीं रहे.”

भारद्वाज काफी देर तक कुछ नहीं बोला।

फिर बहुत धीरे से बोला—

“मोहब्बत शायद selfish नहीं होती...
बस बेबस होती है.”

उसकी आँखें फिर भरने लगीं।

अब उसे खुद पर गुस्सा आने लगा था कि वो उसके सामने इतनी कमजोर क्यों पड़ जाती है।

लेकिन शायद मोहब्बत इंसान को वहीं कमजोर करती है जहाँ वो सबसे ज्यादा सच्चा होता है।

कुछ देर बाद भारद्वाज ने धीरे से पूछा—

"तुमने कभी मेरे जाने के बाद की जिंदगी imagine की?"

उसका दिल वहीं अटक गया।

"नहीं."

"क्यों?"

उसने उसकी तरफ देखा।

"क्योंकि हर बार बहुत खाली लगती है."

उसके बाद दोनों फिर चुप हो गए।

Library की yellow lights अब और हल्की लग रही थीं। बाहर रात गहरी हो चुकी थी और दूर कहीं हल्की बारिश फिर शुरू हो गई थी।

"अम्बरीन..."

"Hmm?"

"अगर एक दिन हम बात ना कर पाए ना..."

उसकी साँसें रुक गईं।

"तो?"

वो कुछ seconds उसे देखता रहा।

फिर बहुत नरमी से बोला—

"तो खुद को ये मत समझाना कि जो था वो fake था."

उसकी आँखों से आँसू आखिर निकल ही गए।

उसने तुरंत चेहरा दूसरी तरफ कर लिया।

लेकिन भारद्वाज की आवाज़ फिर आई—

"तुम्हें पता है मुझे सबसे ज्यादा किस चीज़ से डर लगता है?"

उसने धीरे से सिर हिलाया।

"कि जिंदगी आगे तो बढ़ जाएगी...
लेकिन दिल वहीं रह जाएगा जहाँ तुम मिली थी."

उसके बाद अम्बरीन कुछ नहीं बोल पाई।

क्योंकि शायद वही उनकी पूरी कहानी थी—

दो लोग...
जो एक-दूसरे को पा नहीं सकते थे,
लेकिन खो भी नहीं पा रहे थे।

अध्याय 43

अब अल्फ़ाज़ कम पड़ने लगे थे

मार्च शुरू हो चुका था।

और उसके साथ वो बेचैनी भी... जो अब दोनों की साँसों में शामिल हो गई थी।

अब हर मुलाकात में एक अजीब सा दर्द रहता था। पहले वो future से बचते थे। अब future हर बात के बीच आकर खड़ा हो जाता था।

अम्बरीन अब पहले जैसी नहीं रही थी। उसकी diary के pages भरते जा रहे थे लेकिन words कम पड़ने लगे थे। क्योंकि कुछ एहसास ऐसे होते हैं जिन्हें लिखना भी मुश्किल हो जाता है।

उस शाम बारिश नहीं हो रही थी, लेकिन आसमान पूरी तरह बादलों से भरा हुआ था। हवा ठंडी थी और शहर पर हल्की उदासी फैली हुई थी।

अम्बरीन library पहुँची तो भारद्वाज खिड़की के पास बैठा बाहर देख रहा था।

उसके सामने coffee थी...
जो हमेशा की तरह ठंडी हो चुकी थी।

वो quietly जाकर उसके सामने बैठ गई।

“आज फिर fake thinking?” उसने हल्का सा पूछा।

भारद्वाज उसकी तरफ देखकर धीमे से मुस्कुराया।

“तुम्हें अब मेरी हर आदत याद हो गई है ना?”

अम्बरीन कुछ नहीं बोली।

क्योंकि सच यही था।

अब उसे उसकी छोटी-छोटी चीज़ें भी याद रहने लगी थीं।

कौन सी बात पर वो हल्का सा मुस्कुराता है।
कब उसकी आवाज़ धीमी हो जाती है।
कब वो परेशान होकर watch की strap से खेलता है।

और शायद यही चीज़ उसे सबसे ज्यादा डराने लगी थी।

"Packing almost हो गई," भारद्वाज ने अचानक कहा।

उसका दिल फिर नीचे बैठ गया।

हर बार उसे लगता था वो अब इस बात की आदत डाल चुकी है...

लेकिन हर बार दर्द नया लगता था।

"कब जा रहे हो?" उसने मुश्किल से पूछा।

"Next Sunday."

बस दो words।

लेकिन अम्बरीन को लगा जैसे पूरी library अचानक खाली हो गई हो।

उसने तुरंत नजरें झुका लीं।

कुछ seconds दोनों बिल्कुल चुप रहे।

फिर भारद्वाज ने धीरे से पूछा—

"तुम मुझसे नाराज़ हो?"

वो हल्का सा हँसी, लेकिन उसकी आवाज़ टूट रही थी।

"आपसे क्यों नाराज़ होंगी?"

"क्योंकि मैं जा रहा हूँ."

अम्बरीन ने पहली बार उसकी आँखों में सीधे देखा।

"अगर मेरे बस में होता ना... तो मैं आपको जाने ही नहीं देती."

उसके बाद भारद्वाज कुछ seconds तक उसे देखता ही रह गया।

जैसे उसने पहली बार इतनी साफ honesty सुनी हो।

फिर उसने बहुत धीरे से पूछा—

"फिर रोक क्यों नहीं लेती?"

उसका दिल जोर से धड़का।

लेकिन अगले ही second उसकी आँखों में वही मजबूरी उतर आई।

"क्योंकि मोहब्बत किसी को रोकना नहीं सिखाती..."

उसकी आवाज़ काँप गई।

"बस याद रखना सिखाती है."

उसके बाद दोनों फिर चुप हो गए।

बाहर हल्की हवा चल रही थी। खिड़की के शीशों पर धुंध जमने लगी थी और library की warm lights में दोनों की खामोशी और गहरी लग रही थी।

कुछ देर बाद भारद्वाज बहुत धीरे से बोला—

"तुम्हें पता है... मैं पहले सोचता था लोग overreact करते हैं मोहब्बत में."

अम्बरीन quietly उसे देखती रही।

"अब?"

वो हल्का सा हँसा, लेकिन उसकी आँखें भीग चुकी थीं।

"अब लगता है लोग कम बताते हैं."

उसकी साँसें भारी हो गईं।

क्योंकि शायद यही सच था।

कुछ रिश्तों का दर्द explain नहीं किया जा सकता।
सिर्फ महसूस किया जा सकता है।

रात धीरे-धीरे और शांत होती जा रही थी।

Library लगभग खाली हो चुकी थी।

अम्बरीन ने धीरे से diary खोली।

भारद्वाज उसे देखता रहा।

"क्या लिख रही हो?"

उसने कुछ seconds तक blank page देखा।

फिर बहुत धीरे से बोली–

"शायद... आख़िरी अच्छे दिनों को याद रखने की कोशिश."

उसके बाद भारद्वाज ने नजरें झुका लीं।

क्योंकि पहली बार "ending" अब सिर्फ डर नहीं रही थी...

सच बनने लगी थी।

अध्याय 44

अब हर मुलाकात में बिछड़ने की ख़ामोशी थी

Sunday अब बहुत करीब आ चुका था।

इतना करीब... कि दोनों अब dates avoid करने लगे थे।

पहले conversations में "कल मिलते हैं" हुआ करता था। अब दोनों unknowingly "जब तक हो सके" जैसे words इस्तेमाल करने लगे थे।

और शायद यही सबसे painful बदलाव था।

उस शाम जालंधर में हल्की बारिश हो रही थी। सड़कें भीगी हुई थीं और हवा में मिट्टी की ठंडी खुशबू फैली हुई थी। अम्बरीन library पहुँचते वक्त पूरे

रास्ते यही सोचती रही कि क्या इंसान सच में किसी को इतनी जल्दी अपनी जिंदगी का हिस्सा बना सकता है।

और अगर बना सकता है...
तो फिर जुदाई इतनी unfair क्यों लगती है।

Library आज लगभग खाली थी।

भारद्वाज window वाली seat पर बैठा था। उसके सामने diary खुली हुई थी लेकिन वो लिख कुछ नहीं रहा था। बस pen उँगलियों में घुमा रहा था।

अम्बरीन quietly उसके सामने बैठ गई।

"आज आप diary लिख रहे हो?" उसने हल्का सा पूछा।

भारद्वाज मुस्कुराया।

"तुम्हारी आदत लग गई है शायद."

उसका दिल फिर धीरे से काँपा।

अब "शायद" word दोनों के बीच मज़ाक नहीं रहा था।

वो उनकी पूरी कहानी बन चुका था।

कुछ देर तक दोनों बिना बोले बाहर बारिश देखते रहे। Library की warm lights, coffee की हल्की खुशबू और शीशों पर गिरती बूंदें... सब कुछ पहले जैसा था।

बस एक चीज़ बदल गई थी–

अब हर खूबसूरत चीज़ में ending दिखाई देने लगी थी।

"कल Dad tickets लेने जा रहे हैं," भारद्वाज ने अचानक कहा।

उसकी उँगलियाँ वहीं रुक गईं।

उसने कुछ seconds तक कुछ नहीं कहा।

फिर बहुत मुश्किल से पूछा—

"इतनी जल्दी..."

"हाँ."

बस वही एक word।

लेकिन उस "हाँ" में जितना दर्द था... वो दोनों महसूस कर रहे थे।

अम्बरीन ने तुरंत नजरें झुका लीं। उसे लगा अगर उसने उसी वक्त उसकी आँखों में देखा तो शायद वो खुद को संभाल नहीं पाएगी।

"तुम ठीक हो?" भारद्वाज ने धीरे से पूछा।

वो हल्का सा मुस्कुराई।

"नहीं."

पहली बार उसने बिना छुपाए सच बोला था।

और शायद यही चीज़ भारद्वाज को अंदर तक तोड़ गई।

कुछ seconds वो बस उसे देखता रहा। फिर बहुत धीमी आवाज़ में बोला—

"मुझे माफ़ कर देना."

उसका दिल अचानक कस गया।

"किस बात के लिए?"

"तुम्हारी जिंदगी में आने के लिए... जब रुक नहीं सकता था."

उसकी आँखें तुरंत भर आईं।

“ऐसा मत बोलो,” उसने धीरे से कहा, “आपको पता है ना... आपने मुझे कितना बदला है.”

वो quietly उसे देखता रहा।

अम्बरीन की आवाज़ अब काँपने लगी थी।

“पहले मुझे लगता था जिंदगी बस गुजर जाती है... लेकिन आपके बाद पहली बार महसूस हुआ कि कुछ लोग जीना भी सिखा देते हैं.”

उसके बाद भारद्वाज ने नजरें नीचे कर लीं।

क्योंकि अब उसके लिए भी strong बने रहना मुश्किल होता जा रहा था।

बाहर बारिश और तेज हो गई थी।

Library में सिर्फ दो-तीन लोग बचे थे। बाकी सब जा चुके थे। पूरी जगह पर वही धीमी उदासी फैली हुई थी जो पिछले कुछ दिनों से दोनों के अंदर भी थी।

“अम्बरीन...”

“Hmm...”

“अगर किसी दिन बहुत याद आऊँ ना...”

उसकी साँस वहीं रुक गई।

“तो?”

उसने बहुत नरमी से कहा—

“तो खुद को ये मत कहना कि ये सब गलती थी.”

उसकी आँखों से आँसू आखिर निकल ही गए।

उसने तुरंत चेहरा दूसरी तरफ कर लिया।

लेकिन इस बार भारद्वाज ने कुछ नहीं कहा।

क्योंकि कुछ आँसू रोकने नहीं चाहिए होते।

कुछ देर बाद अम्बरीन ने बहुत धीरे से पूछा—

"आपको लगता है... हम फिर कभी ऐसे मिल पाएँगे?"

उसने काफी देर तक जवाब नहीं दिया।

फिर खिड़की के बाहर बारिश देखते हुए धीमी आवाज़ में बोला—

"कुछ लोग जिंदगी में दोबारा नहीं मिलते...
बस हर बारिश में महसूस होते रहते हैं."

उसके बाद दोनों फिर चुप हो गए।

और शायद उसी पल दोनों समझ गए—

उनकी मोहब्बत साथ रहने के लिए नहीं थी...

याद बन जाने के लिए थी।

अध्याय 45

अब आख़िरी दिनों की गिनती शुरू हो चुकी थी

उस रात के बाद अम्बरीन ने calendar देखना छोड़ दिया।

क्योंकि अब हर date उसे डराने लगी थी।

Sunday अब सिर्फ एक दिन नहीं रहा था... वो धीरे-धीरे उनकी कहानी का आख़िरी chapter बनता जा रहा था।

और शायद सबसे painful चीज़ यही थी कि दोनों सब जानते हुए भी normal बनने की कोशिश कर रहे थे।

अगले दिन मौसम बहुत शांत था। ना बारिश, ना हवा। बस हल्की धुंध और ठंडी खामोशी। पूरा जालंधर जैसे किसी इंतज़ार में चुप हो गया था।

अम्बरीन library पहुँची तो भारद्वाज usual seat पर नहीं था।

उसका दिल अचानक घबराया।

अब उसकी आदत इतनी बढ़ चुकी थी कि कुछ seconds की missing presence भी बेचैन कर देती थी।

वो धीरे-धीरे shelves के बीच चलने लगी।

तभी पीछे से उसकी आवाज़ आई—

"तुम्हें ढूँढना आसान हो गया है."

अम्बरीन मुड़ी।

वो corner में खड़ा था। हाथ में वही dark blue diary थी जो उस दिन उसने book lane से खरीदी थी।

"ये..." उसकी आँखें हल्की हैरानी से फैल गईं।

भारद्वाज उसके पास आया लेकिन हमेशा की तरह उतनी दूरी पर रुक गया जहाँ उनकी खामोशी uncomfortable ना लगे।

"तुम्हारे लिए."

अम्बरीन ने धीरे से diary हाथ में ली।

उसकी उँगलियाँ हल्की काँप रही थीं।

"क्यों?"

भारद्वाज हल्का सा मुस्कुराया।

"ताकि जब मैं ना रहूँ... तब तुम मुझे लिख सको."

उसका दिल जैसे उसी पल टूट गया।

उसने तुरंत नजरें नीचे कर लीं क्योंकि उसकी आँखें भरने लगी थीं।

"आप हर बार इतनी दर्द वाली बातें क्यों बोलते हो..."

"क्योंकि अब झूठ बोलना मुश्किल हो गया है."

Library आज बहुत शांत थी। बाहर धुंध धीरे-धीरे शीशों पर जम रही थी और अंदर warm lights में सब कुछ धुँधला-धुँधला लग रहा था।

अम्बरीन ने diary खोली।

पहले page पर सिर्फ एक line लिखी थी—

"कुछ लोग किताबों की तरह नहीं मिलते...
दुआओं की तरह मिलते हैं."

उसकी साँस वहीं अटक गई।

उसने काफी देर तक वही line देखी।

फिर बहुत धीरे से पूछा—

"ये आपने लिखा?"

"Hmm."

"आपको पता है ना... मैं ये कभी भूल नहीं पाऊँगी."

भारद्वाज उसे बस देखता रहा।

और शायद पहली बार उसकी आँखों में भी नमी साफ दिखाई दे रही थी।

कुछ seconds दोनों चुप रहे।

फिर अम्बरीन बहुत धीमी आवाज़ में बोली—

"काश वक्त थोड़ा रुक जाता."

वो हल्का सा हँसा, लेकिन उसकी आवाज़ टूट रही थी।

"फिर शायद हम और selfish हो जाते."

उसने diary धीरे से बंद कर दी।

"हम अभी कम हैं क्या?"

उसके बाद दोनों कुछ seconds तक एक-दूसरे को देखते रहे।

क्योंकि सच यही था।

अब वो दोनों हर मुलाकात को आख़िरी होने से बचाना चाहते थे।

कुछ देर बाद library बंद होने लगी। बाहर हल्की बूंदाबांदी शुरू हो चुकी थी। सड़कें भीगने लगी थीं और ठंडी हवा चेहरे से टकरा रही थी।

दोनों धीरे-धीरे बाहर निकले।

आज कोई जल्दी नहीं थी।

और शायद यही सबसे दुख देने वाली बात थी।

चलते-चलते अचानक अम्बरीन रुक गई।

भारद्वाज उसकी तरफ मुड़ा।

वो कुछ seconds उसे बस देखती रही...
जैसे उसकी आवाज़, चेहरा, आँखें — सब याद कर लेना चाहती हो।

फिर बहुत धीरे से बोली—

"एक बात बताऊँ?"

"Hmm?"

उसकी आवाज़ काँप गई।

"अब मुझे अलविदा word से नफरत होने लगी है."

उसके बाद भारद्वाज ने नजरें झुका लीं।

क्योंकि शायद वही word अब दोनों की जिंदगी के सबसे करीब आ चुका था।

अध्याय 46

अब खामोशियाँ भी रोने लगी थीं

Sunday आने में अब सिर्फ तीन दिन बचे थे।

तीन दिन।

इतना छोटा सा वक्त...
लेकिन अम्बरीन को लग रहा था जैसे उसकी पूरी जिंदगी उन्हीं तीन दिनों में सिमट आई हो।

अब वो दोनों पहले से ज्यादा मिल रहे थे, लेकिन अजीब बात ये थी कि अब बातें कम होती जा रही थीं। पहले हर मुलाकात में नए topics होते थे। अब दोनों कई बार सिर्फ एक-दूसरे को देखते रहते।

जैसे words अब कम पड़ने लगे हों।

उस शाम बहुत तेज बारिश हो रही थी। जालंधर की सड़कें पूरी तरह भीग चुकी थीं और हवा में ठंड पहले से ज्यादा बढ़ गई थी।

Library almost खाली थी।

अम्बरीन जब अंदर आई तो भारद्वाज खिड़की के पास खड़ा बाहर बारिश देख रहा था।

उसने आज पीछे मुड़कर उसे आते नहीं देखा।

और यही छोटी सी चीज़ अम्बरीन के दिल में अजीब दर्द छोड़ गई।

वो quietly उसके पास जाकर खड़ी हो गई।

"इतनी गौर से क्या देख रहे हो?" उसने धीरे से पूछा।

भारद्वाज जैसे अचानक reality में वापस आया। उसने उसकी तरफ देखा और हल्की मुस्कान देने की कोशिश की।

"बारिश."

अम्बरीन ने बाहर देखा।

"पहले आपको बारिश इतनी पसंद नहीं थी."

"पहले तुम भी नहीं थी."

उसकी साँसें फिर भारी हो गईं।

अब उसकी हर बात दिल में जाकर लगती थी।

दोनों कुछ देर तक वहीं खड़े बाहर गिरती बारिश देखते रहे। शीशों पर बूंदें लगातार फिसल रही थीं और बाहर की lights पानी में टूटती हुई दिखाई दे रही थीं।

"Tickets आ गई," भारद्वाज ने अचानक कहा।

उसका दिल वहीं रुक गया।

अब तक सब बातें थीं...
अब सब सच बनने लगा था।

अम्बरीन ने बहुत धीरे से पूछा—

"कब की?"

"Sunday morning."

उसके बाद कुछ seconds तक उसे सच में कुछ सुनाई नहीं दिया।

बस वही दो words बार-बार उसके अंदर गूंजते रहे।

Sunday morning.

इतनी जल्दी?

इतनी आसानी से?

क्या सच में लोग ऐसे चले जाते हैं?

उसने तुरंत दूसरी तरफ देखना शुरू कर दिया क्योंकि उसकी आँखें भरने लगी थीं।

लेकिन इस बार शायद वो खुद को संभाल नहीं पा रही थी।

भारद्वाज quietly उसे देखता रहा।

फिर बहुत धीमी आवाज़ में बोला—

"अम्बरीन..."

उसने जवाब नहीं दिया।

"मेरी तरफ देखो."

उसने बहुत मुश्किल से नजर उठाई।

और उसी पल भारद्वाज की सारी मजबूती टूट गई।

क्योंकि पहली बार उसकी आँखों में सिर्फ sadness नहीं थी...

खो देने का डर था।

"Please ऐसे मत देखो," वो धीरे से बोला।

अम्बरीन हल्का सा हँसी, लेकिन उसकी आवाज़ काँप रही थी।

"तो कैसे देखूँ?"

उसके पास जवाब नहीं था।

क्योंकि शायद वो खुद भी वही feel कर रहा था।

कुछ देर बाद दोनों जाकर अपनी usual seat पर बैठ गए। आज ना coffee थी, ना diary, ना teasing।

बस silence।

और वो silence अब दर्द देने लगी थी।

"तुम्हें पता है..." अम्बरीन ने बहुत धीरे से कहा, "पहले मुझे लगता था लोग overattach हो जाते हैं."

भारद्वाज quietly उसे सुनता रहा।

"अब समझ आया...
कुछ लोग खुद attach नहीं होते...
उनका दिल हो जाता है."

उसने आँखें बंद कर लीं।

क्योंकि शायद यही उनकी पूरी कहानी थी।

कुछ देर बाद भारद्वाज ने धीरे से पूछा–

"अगर मैं तुमसे ना मिला होता... तो?"

अम्बरीन ने तुरंत जवाब नहीं दिया।

फिर उसकी तरफ देखकर बहुत नरमी से बोली–

"तो शायद मैं इतनी टूटी हुई भी ना होती..."

उसका दिल कस गया।

लेकिन अगले ही second उसने sentence पूरा किया–

"लेकिन इतनी ज़िंदा भी नहीं होती."

उसके बाद दोनों काफी देर तक चुप रहे।

बाहर बारिश लगातार होती रही।

और शायद उसी रात दोनों ने पहली बार पूरी तरह महसूस किया–

कुछ मोहब्बतें इंसान को मिलती नहीं...
बस हमेशा के लिए बदल जाती हैं।

अध्याय 47

अब हर पल आख़िरी सा लगने लगा था

Sunday आने में अब सिर्फ दो दिन बचे थे।

और अब दोनों के बीच वो बेचैनी खुलकर दिखाई देने लगी थी जिसे वो इतने दिनों से छुपाने की कोशिश कर रहे थे।

अम्बरीन अब छोटी-छोटी बातों पर emotional हो जाती थी। कभी किसी गाने पर, कभी बारिश पर, कभी सिर्फ उसकी आवाज़ सुनकर। और सबसे बुरी बात ये थी कि वो खुद को रोक नहीं पा रही थी।

क्योंकि अब भारद्वाज सिर्फ एक इंसान नहीं रहा था...

वो उसकी आदत,
उसका सुकून,
उसकी रोज़ की दुआ बन चुका था।

उस शाम मौसम बहुत ठंडा था। बारिश नहीं हो रही थी लेकिन हवा में नमी थी। पूरा शहर धुंध में लिपटा हुआ था और street lights धुँधली-धुँधली चमक रही थीं।

अम्बरीन library पहुँची तो भारद्वाज उनकी usual seat पर नहीं था।

उसका दिल तुरंत घबराया।

अब उसकी absence कुछ seconds के लिए भी बेचैन कर देती थी।

वो धीरे-धीरे shelves के बीच देखने लगी।

तभी पीछे से उसकी धीमी आवाज़ आई—

"तुम्हें पता है...
तुम मुझे हमेशा ढूँढ लेती हो."

अम्बरीन मुड़ी।

वो corner में खड़ा था। हाथों में coffee cups थे और आँखों में वही थकी हुई softness।

वो धीरे से उसके पास आई।

"आज छुप क्यों रहे थे?"

भारद्वाज हल्का सा मुस्कुराया।

"देखना चाहता था...
तुम सच में मुझे ढूँढोगी या नहीं."

उसका दिल फिर भारी हो गया।

“अब ऐसी बातें मत किया करो.”

“क्यों?”

उसकी आँखें धीरे-धीरे भरने लगीं।

“क्योंकि अब हर छोटी चीज़ भी hurt करती है.”

उसके बाद दोनों कुछ seconds चुप रहे।

फिर वो जाकर अपनी usual जगह बैठ गए। Library आज बहुत शांत थी। बाहर धुंध शीशों पर जमने लगी थी और अंदर warm lights में दोनों की उदासी और साफ दिखाई दे रही थी।

भारद्वाज ने उसके सामने coffee रखी।

“Cold हो जाएगी,” उसने धीरे से कहा।

अम्बरीन हल्का सा मुस्कुराई।

“जैसे हमेशा होती है.”

“हमेशा की तरह तुम बातें feel ज्यादा करती हो.”

“और आप छुपाते ज्यादा हो.”

वो कुछ seconds उसे देखता रहा।

फिर बहुत धीरे से बोला—

“अब नहीं छुप रहा.”

उसकी साँसें भारी हो गईं।

कुछ देर दोनों चुप रहे।

फिर अचानक अम्बरीन ने पूछा—

“आप जाने के बाद क्या सबसे ज्यादा miss करोगे?”

भारद्वाज ने बिना सोचे जवाब दिया—

“तुम्हारी खामोशी.”

उसने हैरानी से उसकी तरफ देखा।

वो हल्का सा मुस्कुराया।

“बाकी लोग बातें करते हैं...
तुम महसूस करवाती हो.”

उसकी आँखें फिर भर आईं।

अब वो हर बार उसके सामने टूटने लगी थी।

और शायद भारद्वाज को यही सबसे ज्यादा दर्द देता था।

“अम्बरीन...”

“Hmm...”

“एक बात पूछूँ?”

उसने धीरे से सिर हिलाया।

“अगर किसी दिन बहुत मुश्किल हो जाए ना...”

उसका दिल फिर डर गया।

“तो?”

उसने बहुत नरमी से कहा—

“तो खुद को अकेला मत कर लेना.”

उसकी आँखों से आँसू आखिर निकल ही गए।

"आपको लगता है मैं ठीक रह पाऊँगी?"

उसके बाद भारद्वाज काफी देर तक चुप रहा।

फिर बहुत धीरे से बोला—

"नहीं."

बस एक word।

लेकिन उसी एक word में जितनी मोहब्बत और दर्द था...
उतना शायद पूरी कहानी में नहीं था।

कुछ देर बाद अम्बरीन ने बहुत धीमी आवाज़ में पूछा—

"और आप?"

वो हल्का सा हँसा, लेकिन उसकी आवाज़ टूट गई।

"मैं तो पहले ही नहीं हूँ ठीक."

बाहर हल्की बारिश फिर शुरू हो चुकी थी।

दोनों काफी देर तक उसी बारिश को देखते रहे।

ना कोई बड़े promises,
ना साथ निभाने की कसमें।

बस दो लोग...
जो एक-दूसरे के बिना future imagine नहीं कर पा रहे थे,
लेकिन फिर भी future उनकी मुट्ठी से फिसलता जा रहा था।

अध्याय 48

अब जुदाई साँसों में उतरने लगी थी

Sunday आने में अब सिर्फ एक दिन बचा था।

बस एक।

और शायद यही सोच दोनों को अंदर से धीरे-धीरे खत्म कर रही थी।

अब हर चीज़ अजीब लगने लगी थी। Library की वही seat, वही coffee cups, वही बारिश... सब कुछ पहले जैसा होते हुए भी पहले जैसा नहीं रहा था।

क्योंकि अब हर चीज़ में आख़िरीपन उतर आया था।

उस दिन जालंधर पर सुबह से बादल छाए हुए थे। हवा बहुत ठंडी थी और पूरा शहर जैसे किसी उदास खामोशी में डूबा हुआ था।

अम्बरीन पूरे दिन restless रही। उसने diary खोलने की कोशिश की लेकिन कुछ लिख नहीं पाई। Words अब उसके पास आना बंद हो चुके थे।

क्योंकि कुछ दर्द लिखे नहीं जाते...
बस महसूस होते हैं।

शाम को जब वो library पहुँची, तो उसका दिल अजीब तरह से धड़क रहा था।

जैसे वो पहले से जानती हो...
आज की शाम अलग होगी।

भारद्वाज window वाली seat पर बैठा था। सामने coffee थी, लेकिन उसने छुई भी नहीं थी। उसकी आँखों के नीचे हल्की थकान थी और वो लगातार बाहर गिरती हल्की बारिश देख रहा था।

अम्बरीन quietly उसके सामने बैठ गई।

आज ना उसने "Hi" कहा,
ना भारद्वाज ने मुस्कुराने की कोशिश की।

बस दोनों कुछ seconds तक एक-दूसरे को देखते रहे।

और शायद पहली बार दोनों को words सच में कम पड़ गए थे।

"Packing हो गई?" अम्बरीन ने आखिर धीरे से पूछा।

भारद्वाज ने हल्का सा सिर हिलाया।

"Hmm."

बस इतना।

उसके बाद फिर silence।

बाहर बारिश थोड़ी तेज हो गई थी। शीशों पर गिरती बूंदें अब लगातार आवाज़ कर रही थीं और library की warm lights में दोनों की उदासी और साफ दिखाई दे रही थी।

"कल कितने बजे जाना है?" उसकी आवाज़ मुश्किल से निकली।

"सुबह eight."

उसका दिल धीरे से टूट गया।

इतनी जल्दी।

इतनी आसानी से कोई कैसे चला जाता है...

अम्बरीन ने तुरंत नजरें नीचे कर लीं।

क्योंकि अब आँसू छुपाना मुश्किल होता जा रहा था।

भारद्वाज quietly उसे देखता रहा।

फिर बहुत धीरे से बोला—

“तुम्हें पता है...
मैंने हमेशा सोचा था goodbye बस एक word होता है.”

उसने उसकी तरफ देखा।

“अब?”

वो हल्का सा मुस्कुराया, लेकिन उसकी आँखें भीग चुकी थीं।

“अब लगता है ये इंसान के अंदर बहुत कुछ तोड़ देता है.”

उसकी साँसें भारी हो गईं।

कुछ देर दोनों चुप बैठे रहे।

फिर अचानक अम्बरीन ने बहुत धीमी आवाज़ में पूछा—

“अगर मैं आपको रोकूँ ना...”

उसका दिल वहीं रुक गया।

वो quietly उसे देखता रहा।

उसकी आँखें पूरी तरह भीग चुकी थीं।

“तो क्या आप रुक जाओगे?”

उस question के बाद दोनों के बीच इतनी गहरी खामोशी उतर आई कि बाहर बारिश की आवाज़ भी धीमी लगने लगी।

भारद्वाज ने काफी देर तक जवाब नहीं दिया।

फिर बहुत मुश्किल से बोला—

“मत पूछो ऐसा...”

उसकी आवाज़ टूट गई थी।

अम्बरीन ने आँखें बंद कर लीं।

क्योंकि शायद वही answer सबसे ज्यादा दर्द देता था।

अगर वो रुक सकता...
तो शायद दुनिया से लड़ जाता।

लेकिन जिंदगी सिर्फ मोहब्बत से नहीं चलती।

कुछ देर बाद भारद्वाज बहुत नरमी से बोला—

“अम्बरीन...”

वो quietly उसकी तरफ देखी।

“Promise करो...”

“क्या?”

उसकी आवाज़ काँप रही थी।

“अपने अंदर की softness कभी मत खोना.”

उसकी आँखों से आँसू आखिर बह निकले।

वो हल्का सा हँसी, लेकिन उसकी आवाज़ टूट रही थी।

“आप जा रहे हो...
और concern अभी भी मेरा कर रहे हो.”

वो भी हल्का सा मुस्कुराया।

“क्योंकि अब आदत नहीं...
दुआ बन गई हो.”

उसके बाद दोनों फिर चुप हो गए।

और शायद उसी रात दोनों ने महसूस किया—

कुछ मोहब्बतें मुकम्मल नहीं होतीं...
फिर भी पूरी जिंदगी पर असर छोड़ जाती हैं।

अध्याय 49

आख़िरी मुलाकातें कभी पूरी नहीं होतीं

उस रात के बाद अम्बरीन बिल्कुल नहीं सोई।

बारिश लगभग पूरी रात होती रही। कभी तेज, कभी धीमी। और हर बार जब बूंदें खिड़की से टकरातीं, उसे वही आवाज़ याद आती—

“अब आदत नहीं... दुआ बन गई हो.”

उसने phone कई बार उठाया।
कई बार chat खोली।
कई बार कुछ लिखने की कोशिश की।

लेकिन हर बार words धुँधले हो गए।

क्योंकि कुछ दर्द लिखे नहीं जाते...
बस रात भर इंसान के साथ जागते रहते हैं।

सुबह unusually जल्दी हो गई।

शायद इसलिए क्योंकि दोनों नहीं चाहते थे कि रात खत्म हो।

अम्बरीन balcony में खड़ी थी। आसमान पूरा धुँधला था। हल्की बारिश अब भी हो रही थी और ठंडी हवा उसके चेहरे से टकरा रही थी।

Phone vibrate हुआ।

Bhardwaj:
"जाग रही हो?"

उसकी आँखें फिर भर आईं।

"सोई ही नहीं."

इस बार reply तुरंत आया—

"Same."

बस एक word।

लेकिन अब उनके बीच एक word भी पूरा एहसास बन जाता था।

कुछ देर बाद उसका message आया—

"मिलोगी?"

उसका दिल अचानक बहुत जोर से धड़का।

उसे पता था...
ये शायद आख़िरी बार होगा।

उसने बिना सोचे reply किया—

"कहाँ?"

"Library."

वही जगह...
जहाँ सब शुरू हुआ था।

शाम तक मौसम और उदास हो चुका था। पूरा जालंधर धुंध और हल्की बारिश में खोया हुआ था। सड़कें भीगी हुई थीं और हवा में वही ठंडी नमी थी जो पिछले कई महीनों से उनकी कहानी का हिस्सा बन चुकी थी।

अम्बरीन जब library पहुँची, तो अंदर almost कोई नहीं था।

बस वही warm yellow lights...
वही खामोशी...
और वही window वाली seat।

भारद्वाज वहाँ पहले से बैठा था।

आज उसे देखते ही अम्बरीन का दिल अजीब तरह से टूट गया।

क्योंकि आज उसकी आँखों में पहली बार उम्मीद नहीं थी...

सिर्फ दर्द था।

वो धीरे से जाकर उसके सामने बैठ गई।

आज दोनों में से कोई मुस्कुराया नहीं।

कुछ seconds तक बस खामोशी रही।

फिर भारद्वाज ने बहुत धीरे से पूछा—

"डर लग रहा है?"

अम्बरीन हल्का सा हँसी, लेकिन उसकी आवाज़ काँप गई।

"इतना... कि साँस भारी लग रही है."

उसने नजरें झुका लीं।

क्योंकि अब उसकी आँखों में आँसू लगातार आने लगे थे।

कुछ देर बाद भारद्वाज ने धीरे से कहा—

“तुम्हें पता है...
मैंने बहुत कोशिश की strong रहने की.”

अम्बरीन quietly उसे देखती रही।

“लेकिन तुमसे मिलकर पहली बार समझ आया...
कुछ लोग इंसान को कमजोर नहीं करते...”

उसकी आवाज़ टूट गई।

“बस बहुत अपना बना लेते हैं.”

उसका दिल फिर भर आया।

बाहर बारिश लगातार होती रही। शीशों पर गिरती बूंदें धीरे-धीरे नीचे फिसल रही थीं और library की lights में दोनों की खामोशी और उदास लग रही थी।

“कल चले जाओगे...” अम्बरीन ने बहुत धीरे से कहा।

भारद्वाज ने सिर झुका लिया।

“Hmm.”

उसके बाद दोनों काफी देर तक कुछ नहीं बोले।

क्योंकि अब हर बात आख़िरी जैसी लगने लगी थी।

कुछ देर बाद अम्बरीन ने अपनी diary धीरे से उसकी तरफ बढ़ाई।

“ये क्या है?” उसने पूछा।

“मत खोलना अभी.”

उसने quietly diary हाथ में ले ली।

“इसमें क्या लिखा है?”

अम्बरीन हल्का सा मुस्कुराई।

“वो सब... जो मैं बोल नहीं पाई.”

उसकी साँसें भारी हो गईं।

वो diary को कुछ seconds तक बस देखता रहा।

फिर बहुत धीरे से बोला—

“तुम्हें पता है ना...
मैं इसे कभी फेंक नहीं पाऊँगा.”

अम्बरीन की आँखें फिर भर आईं।

“मैंने इसलिए दी भी नहीं है कि आप भूल जाओ.”

उसके बाद दोनों फिर चुप हो गए।

ना कोई बड़ा confession।
ना dramatic promises।

बस दो लोग...
जो एक-दूसरे को इतना महसूस करने लगे थे कि अब अलविदा शब्द छोटा लगने लगा था।

Library बंद होने लगी।

Lights एक-एक करके off होने लगीं।

और शायद पहली बार दोनों को लगा—

कुछ जगहें सिर्फ जगह नहीं होतीं...
कहानियाँ बन जाती हैं।

अध्याय 50

कुछ अलविदा कभी कहे नहीं जाते

सुबह बहुत जल्दी हो गई थी।

इतनी जल्दी... कि अम्बरीन को लगा रात ने उसे ठीक से रोने का वक्त भी नहीं दिया।

बाहर हल्की बारिश हो रही थी। आसमान पूरा धुँधला था और जालंधर की सड़कें सुबह-सुबह की ठंडी खामोशी में डूबी हुई थीं।

उसने पूरी रात शायद ही आँखें बंद की थीं।

Phone अब भी हाथ में था।

Last message वही था—

"Reach होकर text करूँगा."

बस इतना।

इतना normal sentence...
लेकिन उसके अंदर कितना दर्द छुपा था, ये दोनों जानते थे।

सुबह 7:12.

उसका दिल लगातार भारी हो रहा था।

वो balcony में खड़ी सड़क देख रही थी। हल्की हवा उसके बालों को चेहरे पर ला रही थी और नीचे बारिश पानी में छोटे-छोटे circles बना रही थी।

अचानक उसे एहसास हुआ—

आज के बाद शायद कुछ भी पहले जैसा नहीं रहेगा।

Phone vibrate हुआ।

Bhardwaj:
"निकले."

उसकी आँखें तुरंत भर आईं।

उसने screen कुछ seconds तक देखी।

फिर सिर्फ इतना reply किया—

"Take care."

क्योंकि अब उसके पास words नहीं बचे थे।

करीब एक minute बाद reply आया—

"तुम भी."

बस दो words।

लेकिन वही दो words अम्बरीन को अंदर तक तोड़ गए।

उसने तुरंत phone बंद कर दिया।

क्योंकि अब उसकी हिम्मत नहीं हो रही थी।

उस दिन पूरा शहर अजीब उदास लग रहा था। शायद मौसम वैसा था... या शायद उसका दिल।

वो कई बार खुद को समझाने की कोशिश करती रही—

"लोग जाते हैं."
"ज़िंदगी चलती रहती है."
"ये दुनिया का end नहीं है."

लेकिन दिल हर बार वही पूछता—

"फिर इतना दर्द क्यों हो रहा है?"

शाम तक उसने खुद को कमरे में बंद रखा। ना diary खोली, ना music चलाया। बस खिड़की के पास बैठी बारिश देखती रही।

करीब 6 बजे phone vibrate हुआ।

उसकी साँस अचानक रुक गई।

Bhardwaj:
"Reached."

उसकी आँखें फिर भर आईं।

उसने काफी देर तक कोई जवाब नहीं दिया।

क्योंकि अचानक Chandigarh सच लगने लगा था।

वो सच में चला गया था।

कुछ देर बाद दूसरा message आया—

"यहाँ बारिश नहीं हो रही."

उसके होंठों पर हल्की, टूटी हुई मुस्कान आई।

फिर उसने धीरे से reply किया—

"यहाँ हो रही है."

करीब instantly उसका reply आया—

"तो शायद मुझे याद कर रही होगी."

और उसी पल अम्बरीन रो पड़ी।

धीरे से।
बिना आवाज़ के।

क्योंकि अब distance सिर्फ किलोमीटर नहीं रहा था...

अब वो उनकी पूरी जिंदगी के बीच आ गया था।

रात को बहुत देर बाद उसकी call आई।

अम्बरीन ने काफी देर तक screen देखी।
फिर receive किया।

"Hello..."

दूसरी तरफ कुछ seconds silence रहा।

फिर उसकी धीमी आवाज़ आई—

"घर बहुत अजनबी लग रहा है."

उसका दिल फिर टूट गया।

"आप ठीक हो?"

वो हल्का सा हँसा, लेकिन उसकी आवाज़ थकी हुई थी।

"तुम्हारे बिना शायद नहीं."

उसकी आँखें फिर भर आईं।

दोनों काफी देर तक बस एक-दूसरे की साँसें सुनते रहे।

क्योंकि अब words सच में कम पड़ने लगे थे।

"अम्बरीन..."

"Hmm?"

"तुम्हें पता है सबसे बुरी बात क्या है?"

उसने धीरे से पूछा—

"क्या?"

उसकी आवाज़ बहुत धीमी हो गई।

"मैं चला तो आया...
लेकिन दिल वहीं रह गया."

उसके बाद अम्बरीन कुछ नहीं बोल पाई।

क्योंकि शायद वही उनकी पूरी कहानी थी।

दो लोग...
जो एक-दूसरे के नहीं हो सके,
लेकिन फिर भी पूरी तरह एक-दूसरे के हो चुके थे।

और शायद कुछ मोहब्बतें इसी तरह मुकम्मल होती हैं—

मिलकर नहीं...
महसूस होकर।

अध्याय 51

कुछ दूरियाँ आवाज़ में सुनाई देने लगती हैं

Chandigarh गए हुए भारद्वाज को अब तीन दिन हो चुके थे।

सिर्फ तीन दिन।

लेकिन अम्बरीन को लग रहा था जैसे उसके अंदर से कोई हिस्सा धीरे-धीरे खाली हो गया हो।

अब उसकी mornings पहले जैसी नहीं रहीं थीं। पहले उठते ही उसका पहला ख़्याल messages होता था। अब उठते ही कुछ seconds के लिए वो भूल जाती... फिर अचानक याद आता—

वो यहाँ नहीं है।

और वही एहसास पूरे दिन उसके अंदर भारीपन छोड़ देता।

उस शाम जालंधर में बहुत तेज बारिश हो रही थी। खिड़कियों पर बूंदें लगातार टकरा रही थीं और आसमान पूरा अँधेरा हो चुका था।

अम्बरीन अपनी diary खोले बैठी थी।

लेकिन पिछले तीन दिनों से वो कुछ लिख नहीं पाई थी।

क्योंकि कुछ दर्द words से बाहर नहीं आते...
बस इंसान के अंदर रह जाते हैं।

Phone vibrate हुआ।

Bhardwaj:
"बारिश हो रही?"

उसकी आँखें तुरंत भर आईं।

अब ये सवाल normal नहीं रहा था।

"हाँ."

Reply तुरंत आया—

"यहाँ नहीं हो रही."

उसने काफी देर तक वही message देखा।

फिर धीरे से लिखा—

“फिर Chandigarh अधूरा लग रहा होगा.”

कुछ seconds typing दिखाई देती रही।

फिर उसका message आया—

“बहुत.”

उसकी साँसें भारी हो गईं।

अब उनकी conversations छोटी हो गई थीं...
लेकिन उनमें दर्द पहले से ज्यादा था।

रात को उसकी call आई।

अम्बरीन balcony में चली गई। बाहर बारिश इतनी तेज थी कि सड़क मुश्किल से दिखाई दे रही थी।

“Hello...”

दूसरी तरफ कुछ seconds silence रहा।

फिर भारद्वाज की थकी हुई आवाज़ आई—

“तुम्हारी आवाज़ सुने बिना नींद नहीं आती अब.”

उसका दिल फिर धीरे से टूट गया।

“आप ठीक से सो रहे हो?”

वो हल्का सा हँसा।

“तुम्हारे बिना?”

उसने आँखें बंद कर लीं।

अब उसकी हर बात सुकून भी देती थी...
और दर्द भी।

कुछ देर तक दोनों बस बारिश सुनते रहे।

फिर अचानक भारद्वाज ने पूछा—

"आज library गई थी?"

अम्बरीन का दिल कस गया।

"नहीं."

"क्यों?"

उसकी आवाज़ धीरे-धीरे टूटने लगी।

"क्योंकि वहाँ सब कुछ आपकी याद दिलाता है."

उसके बाद दूसरी तरफ silence छा गया।

बहुत लंबा silence।

फिर उसकी बहुत धीमी आवाज़ आई—

"मुझे भी यहाँ हर चीज़ अधूरी लग रही है."

अम्बरीन railing पकड़कर खड़ी हो गई।

बारिश की ठंडी बूंदें उसके हाथों पर गिर रही थीं।

"आप वापस आ जाओ," उसके मुँह से अचानक निकल गया।

और उसी पल दोनों चुप हो गए।

क्योंकि दोनों जानते थे...
कुछ wishes पूरी नहीं होतीं।

काफी देर बाद भारद्वाज ने बहुत नरमी से कहा—

"काश इतना आसान होता."

उसकी आँखों से आँसू फिर निकल आए।

"मुझे नहीं आता ये सब..."

उसकी आवाज़ काँप गई।

"क्या?"

"आपके बिना normal रहना."

उसके बाद दूसरी तरफ कुछ seconds बिल्कुल silence रहा।

फिर उसकी टूटी हुई आवाज़ आई—

"Same, Ambrin."

पहली बार उसने उसका नाम इतने दर्द से लिया था।

और शायद उसी पल दोनों ने पूरी तरह महसूस किया—

distance लोगों को दूर नहीं करता...

बस मोहब्बत को और खामोश बना देता है।

अध्याय 52

अब इंतज़ार भी मोहब्बत लगने लगा था

दिन गुजर रहे थे...

धीरे-धीरे,
भारी-भारी,
और अजीब खामोशी के साथ।

अब अम्बरीन की जिंदगी दो हिस्सों में बँट चुकी थी—
एक वो, जो दुनिया देखती थी...
और एक वो, जो सिर्फ रातों में भारद्वाज की आवाज़ सुनकर जीती थी।

Chandigarh गए हुए उसे अब दो हफ्ते हो चुके थे।

लेकिन दूरी अब भी नई लगती थी।

हर सुबह उठते ही अम्बरीन कुछ seconds के लिए phone ढूँढती। फिर खुद पर हल्का सा मुस्कुरा देती।

"क्या हो गया है मुझे..."

लेकिन जवाब उसे पहले से पता था।

मोहब्बत इंसान को बदल देती है।
धीरे-धीरे...
बिना आवाज़ किए।

उस शाम जालंधर में बारिश नहीं हो रही थी। कई दिनों बाद आसमान थोड़ा साफ था। लेकिन अजीब बात ये थी कि अब बिना बारिश के भी उसे उदासी महसूस होने लगी थी।

वो balcony में बैठी थी। हाथ में वही blue diary थी जो भारद्वाज ने दी थी।

उसने धीरे से पहला page खोला—

"कुछ लोग किताबों की तरह नहीं मिलते...
दुआओं की तरह मिलते हैं."

उसकी आँखें फिर भर आईं।

Phone vibrate हुआ।

Bhardwaj:
"आज बारिश नहीं हुई?"

उसने हल्की मुस्कान के साथ reply किया—

"आपको कैसे पता?"

"क्योंकि आज दिल थोड़ा ज्यादा खाली लग रहा है."

उसका दिल फिर धीरे से काँपा।

अब वो दोनों मौसम से एक-दूसरे को महसूस करने लगे थे।

कुछ देर बाद उसकी call आ गई।

"Hello..."

"क्या कर रही थी?"

"आपकी diary पढ़ रही थी."

वो हल्का सा हँसा।

"अब वो तुम्हारी है."

"नहीं," अम्बरीन ने धीरे से कहा, "उसमें आप हो."

उसके बाद कुछ seconds silence रहा।

फिर भारद्वाज की बहुत धीमी आवाज़ आई—

"तुम्हें पता है...
यहाँ सब कुछ नया है,
लेकिन कोई चीज़ अपनी नहीं लगती."

अम्बरीन balcony से आसमान देखने लगी।

“Friends बने?”

“Hmm.”

“अच्छे हैं?”

“हाँ.”

“फिर भी?”

उसने बहुत धीरे से कहा—

“फिर भी तुम्हारी खामोशी miss होती है.”

उसकी आँखें फिर भर आईं।

अब उसे समझ आने लगा था कि मोहब्बत सिर्फ साथ रहने का नाम नहीं है...

किसी की absence में भी उसके साथ जीते रहना मोहब्बत है।

कुछ देर तक दोनों चुप रहे।

फिर अचानक भारद्वाज ने पूछा—

“तुम library जाती हो अब भी?”

उसने काफी देर तक जवाब नहीं दिया।

फिर धीरे से बोली—

“एक बार गई थी.”

“फिर?”

उसकी आवाज़ काँप गई।

“वहाँ हमारी सीट पर कोई और बैठा था.”

उसके बाद दूसरी तरफ पूरी खामोशी छा गई।

क्योंकि कुछ जगहें इंसान की नहीं...
एहसासों की हो जाती हैं।

"फिर वापस आ गई?" उसने बहुत धीरे से पूछा।

"Hmm."

"क्यों?"

उसकी आँखों से आँसू फिर बह निकले।

"क्योंकि पहली बार लगा...
कुछ चीज़ें सच में खत्म हो जाती हैं."

उसके बाद भारद्वाज काफी देर तक कुछ नहीं बोल पाया।

फिर उसकी टूटी हुई आवाज़ आई—

"हम खत्म नहीं हुए, अम्बरीन."

उसका दिल वहीं रुक गया।

"फिर क्या हुए?"

काफी देर तक silence रहा।

फिर उसने बहुत नरमी से कहा—

"बस दूर हो गए."

उसकी साँसें भारी हो गईं।

क्योंकि कई बार distance ही सबसे painful रिश्ता बन जाता है।

रात बहुत हो चुकी थी।

लेकिन अब दोनों calls जल्दी cut नहीं करते थे।

क्योंकि दिन में दुनिया उन्हें अलग रखती थी...
और रात ही एकमात्र जगह थी जहाँ वो अब भी साथ थे।

"अम्बरीन..."

"Hmm?"

"एक बात बताऊँ?"

"बताइए."

उसने बहुत धीरे से कहा—

"अब इंतज़ार भी अच्छा लगने लगा है."

उसकी आँखें फिर भर आईं।

"किसका?"

वो हल्का सा मुस्कुराया।

"तुम्हारी आवाज़ का."

अध्याय 53

कुछ आवाज़ें दूरी से और करीब हो जाती हैं

अब उनकी जिंदगी रातों में बसने लगी थी।

दिन दोनों अपने-अपने शहरों में गुजारते...
लोगों के बीच,
कामों के बीच,
normal दिखने की कोशिश में।

लेकिन रात होते ही जैसे दोनों वापस उसी दुनिया में लौट आते जहाँ सिर्फ उनकी आवाज़ें होती थीं... और उनके बीच फैली हुई वो अधूरी मोहब्बत।

Chandigarh अब धीरे-धीरे भारद्वाज की routine बन रहा था।

नई सड़कें।
नए लोग।
नई जगहें।

लेकिन उसके messages अब भी वही होते—

"आज बारिश हुई?"
"खाना खाया?"
"Library गई?"

जैसे वो अब भी जालंधर में ही अटका हुआ हो।

उस शाम अम्बरीन अपने कमरे की lights बंद करके खिड़की के पास बैठी थी। बाहर हल्की हवा चल रही थी और आसमान पर आधा चाँद था।

आज बारिश नहीं थी।

और शायद इसी वजह से उसे बेचैनी ज्यादा हो रही थी।

Phone vibrate हुआ।

Bhardwaj:
"आज बहुत चुप हो."

उसने reply किया—

"बस ऐसे ही."

करीब instantly message आया—

"तुम्हारा ये 'बस ऐसे ही' अब मुझे डरा देता है."

उसकी आँखें धीरे-धीरे भर गईं।

क्योंकि पहले वो उसकी बातें सुनकर मुस्कुराती थी...
अब टूटने लगी थी।

रात को उसकी call आई।

"Hello..."

"रोई थी?"

अम्बरीन हल्का सा हँसी, लेकिन उसकी आवाज़ काँप गई।

"आपको हर बार कैसे पता चल जाता है?"

"क्योंकि तुम्हारी साँसें बदल जाती हैं."

उसने आँखें बंद कर लीं।

कभी-कभी उसे सच में लगता था—
भारद्वाज उसे उससे ज्यादा समझता है जितना वो खुद को समझती है।

कुछ देर तक दोनों चुप रहे।

फिर भारद्वाज ने धीरे से कहा—

"आज Chandigarh में बारिश हुई."

उसका दिल हल्का सा धड़का।

"सच?"

"Hmm."

"फिर?"

वो हल्का सा हँसा।

"पूरे time तुम याद आती रहीं."

उसकी आँखों से आँसू फिर बह निकले।

अब बारिश सिर्फ मौसम नहीं रही थी...

वो दोनों के बीच बची हुई आख़िरी जगह बन चुकी थी।

"अम्बरीन..."

"Hmm?"

"तुम्हें पता है मुझे सबसे ज्यादा क्या miss होता है?"

उसने धीरे से पूछा—

"क्या?"

"तुम्हारा सामने होना."

उसकी साँसें भारी हो गईं।

"Calls से भी ज्यादा?"

"बहुत ज्यादा."

उसके बाद कुछ seconds दोनों चुप रहे।

क्योंकि यही वो सच था जिससे दोनों भाग रहे थे—
आवाज़ें सुकून दे सकती हैं...
लेकिन दूरी खत्म नहीं कर सकतीं।

"आज library गया था," भारद्वाज ने अचानक कहा।

उसका दिल कस गया।

"अकेले?"

"Hmm."

"कैसा लगा?"

वो कुछ seconds चुप रहा।

फिर बहुत धीरे से बोला—

"जैसे किसी ने मेरी जिंदगी का favourite chapter अधूरा छोड़ दिया हो."

उसकी आँखें फिर भर आईं।

क्योंकि वही एहसास वो खुद भी हर दिन महसूस करती थी।

कुछ रिश्ते खत्म नहीं होते...
बस अचानक वहीं रुक जाते हैं जहाँ इंसान सबसे ज्यादा खुश होता है।

रात काफी हो चुकी थी।

लेकिन आज दोनों call cut नहीं करना चाहते थे।

ना कोई topic था।
ना jokes।

बस साँसों की आवाज़ें...
और बीच-बीच में लंबी खामोशियाँ।

फिर अचानक अम्बरीन ने बहुत धीरे से पूछा—

"अगर किसी दिन हम सच में दूर हो गए ना..."

उसका दिल वहीं अटक गया।

"तो?"

उसकी आवाज़ काँप गई।

"क्या आपको मेरी आवाज़ याद रहेगी?"

दूसरी तरफ कुछ seconds बिल्कुल silence रहा।

फिर भारद्वाज की बहुत धीमी आवाज़ आई—

"अम्बरीन...
कुछ आवाज़ें भूलने के लिए नहीं होतीं..."

उसकी आँखें बंद हो गईं।

और शायद उसी पल उसने महसूस किया—

मोहब्बत का सबसे गहरा रूप साथ नहीं...
याद बन जाना होता है।

अध्याय 54

कुछ खामोशियाँ जवाब बन जाती हैं

मार्च धीरे-धीरे खत्म होने लगा था।

और उसके साथ दोनों की आवाज़ों में भी एक अजीब सी थकान उतरने लगी थी।

पहले distance नया था, इसलिए दोनों हर पल एक-दूसरे को पकड़े रखना चाहते थे। अब distance routine बनने लगा था... और शायद यही चीज़ सबसे ज्यादा डराने वाली थी।

क्योंकि कुछ रिश्ते अचानक नहीं टूटते—
धीरे-धीरे कम होते जाते हैं।

उस शाम जालंधर में बहुत तेज हवा चल रही थी। बारिश नहीं थी, लेकिन आसमान इतना भारी था जैसे किसी भी वक्त टूट पड़ेगा।

अम्बरीन balcony में बैठी phone हाथ में लिए उसकी last seen देख रही थी।

2 hours ago.

पहले ऐसा कभी नहीं होता था।

पहले उसके messages instantly आते थे।
Calls देर रात तक चलती थीं।
अब replies छोटे होने लगे थे।

"Busy था."
"Class थी."
"Sorry सो गया था."

Normal बातें थीं।

लेकिन मोहब्बत normal चीज़ों से भी डरने लगती है।

करीब रात 11 बजे finally उसका message आया—

"Sorry. आज बहुत hectic था."

अम्बरीन ने काफी देर तक screen देखी।

पहले वो तुरंत reply करती थी।
आज नहीं किया।

क्योंकि पहली बार उसे डर से ज्यादा खालीपन महसूस हुआ।

करीब दो minute बाद दूसरा message आया—

"सो गई?"

उसने धीरे से reply किया—

"नहीं."

"Call?"

उसने आँखें बंद कर लीं।

पहले यही word उसका favourite हुआ करता था।

अब उसी से डर लगने लगा था।

फिर भी उसने call receive कर ली।

"Hello..."

दूसरी तरफ उसकी आवाज़ बहुत थकी हुई लग रही थी।

"Sorry, Ambrin."

"इतनी बार sorry मत बोला करो."

"फिर क्या बोलूँ?"

उसने काफी देर तक कोई जवाब नहीं दिया।

फिर धीरे से बोली—

"कुछ नहीं."

उसके बाद दोनों चुप हो गए।

पहले उनकी खामोशियाँ सुकून देती थीं...
अब सवाल पूछने लगी थीं।

"तुम नाराज़ हो?" भारद्वाज ने धीरे से पूछा।

"नहीं."

"झूठ."

वो हल्का सा मुस्कुराई, लेकिन उसकी आँखें भर गईं।

"आपको पता है ना... अब ये word सुनकर अच्छा नहीं लगता."

कुछ seconds silence रहा।

फिर भारद्वाज की बहुत धीमी आवाज़ आई—

"मैं कोशिश कर रहा हूँ सब balance करने की."

उसका दिल फिर भारी हो गया।

क्योंकि पहली बार उसे लगा—
अब उनकी मोहब्बत effort माँगने लगी है।

"मैं समझती हूँ," उसने धीरे से कहा।

"लेकिन?"

उसकी साँस काँप गई।

"लेकिन डर लगता है."

"किस बात से?"

अब उसके पास वो strength नहीं बची थी कि हर बार emotions छुपा सके।

"इस बात से... कि कहीं हम धीरे-धीरे एक-दूसरे की आदत से memory ना बन जाएँ."

उसके बाद दूसरी तरफ पूरी खामोशी छा गई।

इतनी गहरी...
कि अम्बरीन को अपनी साँसें तक सुनाई देने लगीं।

फिर भारद्वाज बहुत धीरे से बोला—

"तुम्हें लगता है मैं बदल रहा हूँ?"

उसकी आँखों से आँसू फिर निकल आए।

"मुझे लगता है जिंदगी बदल रही है."

उसके बाद दोनों काफी देर तक कुछ नहीं बोले।

और शायद पहली बार दोनों ने महसूस किया—

distance सिर्फ शहरों के बीच नहीं आता...

कभी-कभी वो timing,
responsibilities,
और थकान बनकर भी आ जाता है।

रात और गहरी हो चुकी थी।

बाहर आखिर बारिश शुरू हो गई।

अम्बरीन balcony से गिरती बूंदें देखने लगी।

"यहाँ बारिश हो रही है," उसने बहुत धीरे से कहा।

दूसरी तरफ कुछ seconds silence रहा।

फिर भारद्वाज की टूटी हुई आवाज़ आई—

"काश मैं वहाँ होता."

उसका दिल फिर उसी पुराने दर्द से भर गया।

क्योंकि अब दोनों समझने लगे थे—

कुछ मोहब्बतें खत्म नहीं होतीं...

बस जिंदगी उनसे तेज चलने लगती है।

अध्याय 55

कुछ रिश्ते आवाज़ खोने लगते हैं

अब दोनों के बीच silence बढ़ने लगी थी।

वो uncomfortable silence नहीं...
बल्कि वो वाली खामोशी जो धीरे-धीरे रिश्ता खा जाती है।

पहले दिन की शुरुआत messages से होती थी।
अब कई बार दोपहर तक बात नहीं होती।

पहले हर छोटी चीज़ share होती थी।
अब दोनों कई बातें अपने अंदर रखने लगे थे।

और शायद सबसे dangerous चीज़ यही थी—
अब दोनों एक-दूसरे को hurt करने से बचते-बचते...
धीरे-धीरे दूर होने लगे थे।

उस दिन Chandigarh में बहुत बारिश हो रही थी।

भारद्वाज पूरे दिन classes और projects में उलझा रहा। Phone बार-बार हाथ में आता, लेकिन हर बार वो सोचकर रख देता—

"थोड़ी देर बाद बात करूँगा."

लेकिन कुछ रिश्तों में "थोड़ी देर बाद" बहुत लंबा हो जाता है।

रात करीब 1 बजे उसने finally phone खोला।

Ambrin:
"सो गए?"

Message तीन घंटे पुराना था।

उसका दिल अचानक कस गया।

उसने तुरंत call की।

लेकिन इस बार अम्बरीन ने तुरंत receive नहीं किया।

पहले ring।
फिर दूसरी।
फिर तीसरी।

और हर ring के साथ उसके अंदर अजीब बेचैनी बढ़ती गई।

आखिर call connect हुई।

"Hello..."

उसकी आवाज़ बहुत धीमी थी।

"सो रही थी?" भारद्वाज ने तुरंत पूछा।

"नहीं."

"फिर उठाया क्यों नहीं?"

कुछ seconds silence रहा।

फिर अम्बरीन ने धीरे से कहा—

"बस ऐसे ही."

उसका दिल वहीं अटक गया।

पहले यही words cute लगते थे।
अब डराने लगे थे।

"तुम ठीक हो?" उसने बहुत नरमी से पूछा।

अम्बरीन balcony में बैठी बाहर बारिश देख रही थी। जालंधर में भी हल्की बूंदाबांदी शुरू हो चुकी थी।

"हाँ."

"झूठ."

इस बार वो मुस्कुराई भी नहीं।

"आपको पता है..." उसकी आवाज़ धीरे-धीरे काँपने लगी, "पहले इंतज़ार अच्छा लगता था."

भारद्वाज चुप रहा।

"अब डर लगता है."

उसने आँखें बंद कर लीं।

क्योंकि वो समझ रहा था।

अब दूरी सिर्फ physical नहीं रही थी।

अब जिंदगी सच में बीच में आने लगी थी।

"Ambrin..."

"Hmm?"

"मैं कोशिश कर रहा हूँ."

उसकी आँखों से आँसू फिर बह निकले।

"मुझे पता है."

"फिर?"

उसने बहुत धीरे से कहा—

"लेकिन कुछ चीज़ें कोशिश से भी नहीं बचतीं."

उसके बाद दोनों फिर चुप हो गए।

बारिश दोनों शहरों में एक साथ हो रही थी।
लेकिन पहली बार दोनों उसे अलग-अलग महसूस कर रहे थे।

"आज library गई थी," अम्बरीन ने अचानक कहा।

उसका दिल हल्का सा धड़का।

"अकेले?"

"Hmm."

"फिर?"

उसकी आवाज़ टूट गई।

"हमारी seat पर बैठी थी...
लेकिन पहली बार वहाँ सुकून नहीं मिला."

उसने धीरे से phone आँखों से दूर कर लिया।

क्योंकि पहली बार उसे लगा—
distance सच में चीज़ों को बदल देता है।

कुछ देर बाद उसने बहुत धीरे से पूछा—

"क्या तुम मुझसे दूर हो रही हो?"

अम्बरीन तुरंत रो पड़ी।

"मैं खुद से दूर हो रही हूँ."

उसके बाद दूसरी तरफ पूरी खामोशी छा गई।

क्योंकि शायद यही उनकी कहानी का सबसे painful phase था—

मोहब्बत अब भी उतनी ही थी...
लेकिन जिंदगी उसे निभाने से भारी होने लगी थी।

रात बहुत गहरी हो चुकी थी।

Call अब भी चल रही थी।

लेकिन दोनों के पास words कम पड़ने लगे थे।

फिर अचानक अम्बरीन ने बहुत धीरे से पूछा—

"अगर एक दिन हम बात करना बंद कर दें ना..."

उसका दिल फिर उसी पुराने डर से भर गया।

"तो?"

उसकी आवाज़ टूट गई।

"क्या बारिश तब भी आपको मेरी याद दिलाएगी?"

बहुत लंबा silence रहा।

फिर भारद्वाज की बेहद धीमी आवाज़ आई—

"Ambrin...
कुछ लोग मौसम नहीं बदलते..."

उसकी साँसें रुक गईं।

"फिर?"

उसने आँखें बंद कर लीं।

"वो पूरी जिंदगी का मौसम बन जाते हैं."

अध्याय 56

कुछ मोहब्बतें आख़िरी बार आवाज़ बनती हैं

उस रात के बाद दोनों के बीच कुछ बदल गया था।

ना लड़ाई हुई थी।
ना कोई बड़ा misunderstanding।

फिर भी दोनों महसूस कर रहे थे—
कुछ धीरे-धीरे हाथ से फिसल रहा है।

अब calls छोटी होने लगी थीं।
Replies देर से आने लगे थे।
और सबसे दर्दनाक बात ये थी कि दोनों इस बदलाव को notice भी कर रहे थे... और रोक भी नहीं पा रहे थे।

तीन दिन तक उनकी properly बात नहीं हुई।

बस छोटे messages।

"खाना खाया?"
"Busy हूँ."
"Take care."

इतना formal कभी कुछ नहीं लगा था।

अम्बरीन अब हर रात phone हाथ में लेकर सो जाती। कई बार chat खोलती, पुराने messages पढ़ती और फिर quietly बंद कर देती।

क्योंकि कुछ रिश्ते खत्म होने से पहले इंसान उन्हें याद करना शुरू कर देता है।

उस शाम जालंधर में बहुत तेज बारिश हो रही थी। आसमान पूरी तरह अँधेरा था और कमरे में सिर्फ table lamp की हल्की रोशनी जल रही थी।

अम्बरीन खिड़की के पास बैठी थी जब अचानक phone vibrate हुआ।

Bhardwaj calling...

उसका दिल जोर से धड़का।

उसने तुरंत call receive नहीं की।

कुछ seconds तक बस screen देखती रही।

फिर धीरे से receive किया।

"Hello..."

दूसरी तरफ बहुत लंबी silence थी।

इतनी लंबी... कि उसे लगा शायद call कट गई।

फिर उसकी बेहद थकी हुई आवाज़ आई—

"Ambrin..."

बस उसका नाम।

और उसी एक word ने उसकी आँखें भर दीं।

"Hmm..."

"तुम मुझसे दूर हो रही हो क्या?"

उसका दिल वहीं टूट गया।

क्योंकि शायद दोनों कई दिनों से इसी सवाल से भाग रहे थे।

अम्बरीन ने तुरंत जवाब नहीं दिया।

बाहर बारिश लगातार खिड़की पर गिर रही थी।

फिर बहुत धीरे से बोली—

"मैं कोशिश कर रही थी strong बनने की."

"और?"

उसकी आवाज़ काँप गई।

"और शायद उसी में आपसे दूर होने लगी."

दूसरी तरफ फिर silence।

फिर भारद्वाज ने बहुत मुश्किल से कहा–

"मुझे लगा तुम tired हो गई हो."

उसकी आँखों से आँसू लगातार बहने लगे।

"मोहब्बत से कोई tired नहीं होता..."

उसने phone कसकर पकड़ लिया।

"बस डरने लगता है."

उसके बाद दोनों काफी देर तक कुछ नहीं बोले।

पहले उनकी खामोशियाँ सुकून देती थीं।
अब वही खामोशियाँ दर्द देने लगी थीं।

"आज बहुत बारिश हो रही है," भारद्वाज ने धीरे से कहा।

अम्बरीन balcony में चली गई।

ठंडी हवा उसके चेहरे से टकराई।

"हाँ."

"याद है...
पहले तुम कहती थी बारिश अच्छी लगती है."

उसने आँखें बंद कर लीं।

"अब?"

उसकी आवाज़ टूट गई।

"अब डर लगता है...
क्योंकि हर बारिश में आप याद आते हो."

उसके बाद भारद्वाज की साँसें दूसरी तरफ भारी होने लगीं।

शायद वो भी टूट रहा था।

बस हमेशा की तरह quietly।

"Ambrin..."

"Hmm..."

"अगर जिंदगी थोड़ी आसान होती ना..."

उसका दिल फिर उसी पुराने दर्द से भर गया।

"तो?"

उसने बहुत धीरे से कहा—

"तो शायद मैं हर बारिश तुम्हारे साथ देखता."

उसकी आँखों से आँसू फिर बह निकले।

लेकिन इस बार उसने उन्हें रोका नहीं।

क्योंकि कुछ मोहब्बतें रो लेने के बाद और सच्ची लगने लगती हैं।

रात बहुत हो चुकी थी।

लेकिन आज दोनों call cut नहीं करना चाहते थे।

क्योंकि शायद दोनों महसूस कर रहे थे—

कुछ रिश्ते एक दिन अचानक खत्म नहीं होते...

वो आख़िरी बार आवाज़ बनकर दिल में रह जाते हैं।

अध्याय 57

कुछ लोग कभी जाते नहीं

उस रात की call के बाद दोनों ने कुछ नहीं कहा।

ना "goodnight."
ना "take care."
ना कोई promise।

बस silence।

और शायद वही silence उनकी पूरी कहानी का सबसे सच्चा हिस्सा था।

उसके बाद कई दिनों तक उनकी properly बात नहीं हुई।

कभी-कभी एक छोटा message आ जाता—

"बारिश हुई?"
"खाना खाया?"
"Busy थी?"

लेकिन अब दोनों समझ चुके थे—
जिंदगी धीरे-धीरे उन्हें अलग दिशाओं में ले जा रही है।

और शायद सबसे painful चीज़ यही थी कि मोहब्बत अब भी वहीं थी।

बस वक्त बदल गया था।

कई महीने गुजर गए।

जालंधर में बारिश का मौसम फिर लौट आया था।

अम्बरीन अब पहले से ज्यादा शांत हो गई थी। उसने diary लिखना कम कर दिया था, लेकिन बंद नहीं किया।

कुछ आदतें इंसान छोड़ नहीं पाता।

उस शाम वो फिर उसी पुरानी library गई।

कई महीनों बाद।

सब कुछ पहले जैसा था।

वही warm lights।
वही किताबों की खुशबू।
वही बारिश की आवाज़।

बस एक चीज़ नहीं थी—

वो।

उसने धीरे-धीरे जाकर वही window वाली seat देखी।

खाली।

उसका दिल हल्का सा मुस्कुराया...
और उसी पल थोड़ा टूट भी गया।

वो जाकर उसी chair पर बैठ गई।

कुछ seconds तक बस बाहर बारिश देखती रही।

फिर धीरे से अपनी blue diary खोली।

उसके बीचों-बीच एक पुराना folded paper रखा था।

भारद्वाज की handwriting।

उसने काँपते हाथों से paper खोला।

उसमें सिर्फ कुछ lines लिखी थीं—

“अगर कभी जिंदगी बहुत भारी लगे ना...
तो बारिश में थोड़ा देर खड़े रहना।

मैं शायद वहाँ ना रहूँ...
लेकिन मेरी याद जरूर होगी।

— Bhardwaj.”

उसकी आँखों से आँसू धीरे-धीरे गिरने लगे।

लेकिन इस बार उनमें पहले जैसा टूटना नहीं था।

बस एक गहरी सी कमी थी।

और शायद मोहब्बत आखिर में यही बन जाती है—

एक कमी...
जो कभी पूरी नहीं होती।

Library के बाहर बारिश और तेज हो गई थी।

अम्बरीन धीरे से उठी और बाहर चली गई।

ठंडी बूंदें उसके चेहरे पर गिरने लगीं।

उसने आँखें बंद कर लीं।

और ना जाने क्यों...
उसे पहली बार दर्द के साथ सुकून भी महसूस हुआ।

क्योंकि कुछ लोग जिंदगी से चले जाते हैं...

लेकिन इंसान के अंदर हमेशा रह जाते हैं।

उसने आसमान की तरफ देखा और बहुत धीरे से मुस्कुराई।

"आप सही थे..."

बारिश उसकी पलकों से फिसलती रही।

"अब बारिश और आप अलग कहाँ रहे हो..."

कुछ मोहब्बतें मुकम्मल होकर नहीं... याद बनकर जीती हैं

पाँच साल बाद।

जालंधर वैसा ही था।

वही बारिश।
वही ठंडी हवाएँ।
वही शामें जो इंसान को बेवजह उदास कर देती हैं।

बस लोग बदल गए थे।

ज़िंदगी आगे बढ़ चुकी थी।

अम्बरीन अब पहले वाली लड़की नहीं रही थी। उसकी आँखों में पहले जैसी घबराहट नहीं थी, लेकिन एक गहरी खामोशी अब भी रहती थी। जैसे उसने वक्त के साथ जीना सीख लिया हो... लेकिन भूलना नहीं।

उस शाम वो अपने कमरे की सफाई कर रही थी जब अलमारी के कोने से वही dark blue diary नीचे गिर गई।

कुछ seconds वो बस उसे देखती रही।

फिर धीरे से उठाकर bed पर बैठ गई।

उसने diary खोली।

पुराने pages से हल्की सी वही खुशबू आई...
बारिश,
library,
coffee,
और एक आवाज़ की।

उसकी उँगलियाँ धीरे-धीरे उन lines पर घूमने लगीं जो उसने कभी आँसुओं के बीच लिखी थीं।

"कुछ लोग किताबों की तरह नहीं मिलते...
दुआओं की तरह मिलते हैं."

उसकी आँखें बंद हो गईं।

पाँच साल बाद भी कुछ चीज़ें बिल्कुल वैसी ही दर्द देती थीं।

Phone पर बाहर बारिश की आवाज़ record हो रही थी। खिड़की खुली थी और ठंडी हवा अंदर आ रही थी।

अचानक उसे याद आया—
भारद्वाज हमेशा कहता था,

"जब बहुत याद आऊँ ना...
तो बारिश में थोड़ा देर खड़े रहना."

वो हल्का सा मुस्कुराई।

फिर धीरे-धीरे balcony में चली गई।

बारिश तेज हो चुकी थी।

बूंदें उसके हाथों,
चेहरे,
पलकों पर गिरने लगीं।

और ना जाने क्यों...
उसे पहली बार लगा जैसे वो कहीं गया ही नहीं।

कुछ लोग दूर होकर भी इंसान की आदत नहीं छोड़ते।

वो उसकी जिंदगी का हिस्सा नहीं रहा था...

लेकिन उसकी रूह का हिस्सा अब भी था।

अम्बरीन ने आसमान की तरफ देखा।

आँखों में हल्की नमी थी...
लेकिन इस बार दर्द अकेला नहीं था।

उसमें शुक्र भी था।

क्योंकि हर मोहब्बत का मुकम्मल होना जरूरी नहीं होता।

कुछ मोहब्बतें बस इंसान को इतना खूबसूरत दर्द दे जाती हैं...
कि वो पूरी जिंदगी उसे सँभालकर रखता है।

बारिश लगातार होती रही।

और उस रात,
कई साल बाद,
अम्बरीन ने पहली बार उसे याद करके रोया नहीं...

बस मुस्कुराई।

Final Note

कुछ कहानियाँ खत्म नहीं होतीं... बस अधूरी छोड़ दी जाती हैं

उस रात के बाद अम्बरीन ने diary बंद कर दी।

धीरे से।

जैसे कोई अपनी सबसे खूबसूरत तकलीफ़ सँभालकर रखता है।

बाहर बारिश अब भी हो रही थी। वही आवाज़...
जो कभी दर्द लगती थी,
फिर आदत बनी,
और अब दुआ जैसी महसूस होने लगी थी।

उसने आख़िरी बार diary के खाली page को देखा।

फिर बहुत धीरे से लिखा–

"कुछ लोग जिंदगी में हमेशा रहने के लिए नहीं आते...
बस हमें मोहब्बत का मतलब समझाने आते हैं।"

उसकी आँखों में हल्की नमी थी...
लेकिन दिल में अजीब सा सुकून।

क्योंकि अब वो समझ चुकी थी–

मोहब्बत हमेशा साथ रहने का नाम नहीं होती।

कभी-कभी मोहब्बत सिर्फ इतनी होती है कि,
सालों बाद भी बारिश हो...
और इंसान अनजाने में मुस्कुरा दे।

खिड़की के बाहर आसमान से गिरती बूंदें शहर को भिगो रही थीं।

अम्बरीन ने आँखें बंद कीं।

और कहीं बहुत अंदर...
उसे फिर वही आवाज़ सुनाई दी—

“अब बारिश और तुम अलग कहाँ रहे हो...”

उसके होंठों पर हल्की मुस्कान आ गई।

लेकिन उसी पल...

उसका phone vibrate हुआ।

Unknown Number.

उसने कुछ seconds तक screen को देखा।

फिर धीरे से message खोला।

“आज Chandigarh में पहली बारिश हुई...
और पता नहीं क्यों,
तुम फिर याद आ गई।”

उसकी साँस वहीं रुक गई।

नीचे सिर्फ एक नाम लिखा था—

“Bhardwaj.”

अम्बरीन की उँगलियाँ काँपने लगीं।

पाँच साल बाद...

पहली बार बारिश फिर अधूरी नहीं लगी।

और शायद कुछ कहानियाँ खत्म नहीं होतीं...

बस दोबारा शुरू होने का इंतज़ार करती हैं।

पाठकों के लिए एक छोटा सा संदेश

प्रिय पाठकों,

अगर **"अम्बरीन – एक अधूरी मुस्कान"** ने आपके दिल को छुआ हो,
अगर अम्बरीन और भारद्वाज की कहानी आपको अपनी सी लगी हो,
तो समझिए इस कहानी का सफर अभी पूरी तरह खत्म नहीं हुआ है।

इस कहानी का दूसरा भाग

जल्द लाने की कोशिश की जाएगी।

अगर आप इस पुस्तक के बारे में अपने विचार, सुझाव या feelings साझा करना चाहते हैं,
तो हमें ईमेल जरूर करें:

📩 rksuccesssolutionsbooks@gmail.com

आपके संदेश और प्यार ही इस कहानी को आगे बढ़ाने की सबसे बड़ी वजह होंगे।

शायद कुछ कहानियाँ सच में खत्म नहीं होतीं...
बस अगली बारिश का इंतज़ार करती हैं।

www.ingramcontent.com/pod-product-compliance
Lightning Source LLC
LaVergne TN
LVHW100300210926
848480LV00003B/979